DE LA MÊME AUTRICE

Aux Éditions Gallimard

LES CORPS INSOLUBLES, L'Arpenteur, 2021.

Aux Éditions Fayard

UNE FAMILLE NORMALE, 2016 (Folio n° 6381).

LA DOULEUR FANTÔME, 2018.

L'Arpenteur

Collection créée
par Gérard Bourgadier

dirigée
par Ludovic Escande

Garance Meillon

LA LANGUE DE L'ENNEMI

roman

GALLIMARD | L'ARPENTEUR

L'autrice a bénéficié pour la rédaction de ce livre d'une bourse et d'une résidence d'écriture de la Villa Marguerite Yourcenar, Département du Nord.

Cet ouvrage a bénéficié du soutien de la Fondation des Treilles. La Fondation des Treilles, créée par Anne Gruner Schlumberger, a notamment pour vocation d'ouvrir et de nourrir le dialogue entre les sciences et les arts afin de faire progresser la création et la recherche contemporaines. Elle accueille également des chercheurs, des écrivains et des artistes photographes dans le domaine des Treilles, Var (www.les-treilles.com).

Ici encore, le prisonnier doit se servir du langage même, des mots, de la syntaxe de son ennemi alors qu'il sent le besoin d'une langue séparée qui n'appartiendrait qu'à sa nation.

JEAN GENET

La langue poétise et pense à ta place.

VICTOR KLEMPERER

A.

« Avant, j'aimais le bleu... »

Mais de quoi parle-t-il ?

Emma avise Romain du coin de l'œil, depuis la cuisine — évidemment la cuisine, puisque ce sont toujours les femmes qui... Mais non, mieux vaut ne pas aller par là. Ce n'est pas le sujet. Romain, son mari, fait sa part des corvées ménagères, ou presque. Le problème se trouve toujours dans le *presque*. Mais où en étions-nous.

Romain, debout, vient de prononcer cette phrase, et dans sa bouche celle-ci prend un effet exotique : *avant, j'aimais le bleu.* Déclaration faite en ce jeudi soir à l'intention de leur amie Myriam, debout à ses côtés. Juste après, non sans théâtralité, Myriam a ri en renversant la tête en arrière, pour venir l'appuyer brièvement contre une étagère de la bibliothèque qui parcourt le couloir de l'appartement.

Emma saisit deux verres de vin à la volée et prend sa démarche de maîtresse de maison. L'un sera pour son mari, l'autre pour Myriam. Juste après elle reste devant eux, les mains vides. C'est un bon petit brouilly, acheté chez le caviste juste en bas. Vous m'en direz des nouvelles, pour parler comme ma grand-mère. Romain, tu disais ? Avant, tu aimais le bleu ? J'ai cru comprendre...

Romain laisse passer dans son œil, bleu lui aussi, un vague regret. Son regard soupire, pense Emma. Ça fait longtemps que je ne l'ai pas vu comme ça.

Myriam, qui ne comprend pas ce langage, descend son verre. Son geste est précis mais son regard est flou.

La dernière fois qu'Emma a vu Romain comme ça remonte sans doute avant la naissance de Roxane, leur fille, qui dort avec l'application de ses trois ans dans une pièce adjacente. Emma en est fatiguée, de Roxane, elle l'aime à la folie mais ce soir c'est le premier « vrai » dîner qu'ils organisent depuis la naissance, et elle doit admettre qu'elle lui en veut un peu. De ces dîners, manqués par sa faute, de ses larmes aussi, de son vomi, de ses couches, de cette absence générale de reconnaissance — mais pour attendre de la reconnaissance de la part d'un bébé, ne faut-il pas avoir un problème ? Et pourtant c'est comme ça. C'est la double peine pour Emma, qui s'en veut d'en vouloir à la chair de sa chair. Mais ce n'est pas tout.

Depuis deux ou trois mois, sans s'être concertés, sans en avoir réellement discuté — ils n'ont pas à ce sujet eu de *conversation*, un dimanche sur le canapé, avec sur la table basse des tasses de café —, Emma et Romain se sont mis à espérer. Ont commencé à attendre de Roxane une chose dont leur fille, à l'inverse d'à peu près tout ce qui lui est arrivé dans son existence, est seule à pouvoir décider. En voraces parents ce sont des mots qu'ils guettent dans la bouche de leur progéniture. Des mots, à savoir : du son et du sens.

Dans l'intervalle, ils tentent de trouver dans son gazouillis une cohérence, voilà maintenant six mois qu'ils s'y efforcent, en y mettant toute la mauvaise foi de leur amour occidental inconditionnel, mais rien, malheureusement rien, nul mot émis par la petite n'est susceptible d'être reconnu par l'Académie française ou par le Larousse. Ce qui sort de sa bouche n'a pas d'intelligibilité, à moins peut-être que l'adulte amarrant son regard aux yeux bleu outremer de l'enfant — les mêmes que son père, indiscutablement — ne détienne une carte de l'Oulipo. Et encore.

Emma s'inquiète : sa fille est *en retard.*

« Il y a une contre-soirée dans le couloir ? Je ne suis pas invité ? »

Sur ces questions rhétoriques apparaît Vladimir, cheveux ébouriffés, sourire goguenard, un mètre quatre-vingt-trois, trente-cinq ans dont sept d'études de droit. Vlad enlace Myriam et lui prend une gorgée de vin.

Emma lui donne raison. Tous les quatre vont au salon. Ils passent une bonne soirée, de toute évidence, rien n'indispose l'œil dans ce quatre-pièces parisien, nulle sensation désagréable ne vient en corrompre l'atmosphère, pas de sopalin en vue, de vaisselle ébréchée ou de câble apparent : à trente ans passés on sait faire les choses bien, sans avoir eu besoin de demander à maman.

Romain et Myriam s'assoient côte à côte sur le canapé. *Décidément*, pense Emma en les voyant, avant de se raisonner : la jalousie ça va comme ça, à vingt-cinq ans c'était mignon, à trente-quatre c'est gênant. Romain peut très bien s'asseoir à côté d'une belle femme sans qu'un scénario ne commence à se dérouler dans sa tête. Et c'est exactement ce qu'il fait. L'imbécile continue de partager avec Myriam son sentiment sur la couleur bleue.

« Mais maintenant le bleu est parti, reprend Romain, comme si dix minutes ne s'étaient pas écoulées depuis sa dernière phrase. Ou *serait* parti, si j'avais continué à peindre. Je le sens, je le sais. Je n'achète plus aucune fringue de cette couleur. La semaine dernière j'ai essayé plusieurs cravates, Emma tu es témoin ? »

Emma acquiesce avec un sourire attendri. Elle ne lui tient pas rigueur de la place qu'il lui assigne, de ce hochement de tête qu'il vient d'exiger d'elle, celui d'une épouse admirative et solidaire.

« Eh bien pas une seule n'était bleue. Du marron, du gris, du rose, ne rigolez pas, oui, du rose, paraît que certains peuvent se le permettre, certainement pas moi en tout cas, parce que je suis reparti avec une cravate noire. »

Accablé par le poids de ce dernier constat, Romain prend un air si absorbé que, l'espace d'un instant, Emma croit qu'il plaisante, qu'il ne fait que parodier le désemparement. Elle en cherche la preuve sur ses traits, mais non, Romain est vraiment désemparé. Nul sourire ni rire de sa part ne viennent suppléer ses propos par l'habituelle autodérision. Il finit par conclure, le visage tourné vers le parquet à chevrons comme s'il venait d'y faire tomber ses clés : « Le noir a remplacé le bleu. »

Un silence s'ensuit. Vladimir, qui a rencontré Romain aux Beaux-Arts avant que de concert ils n'abandonnent cette voie, ne charrie pas son ami pour ces déclarations, dont, de toute évidence, la sincérité prévaut sur la cocasserie. Même lui ne s'y est pas trompé.

Tous se recueillent donc un instant sur ce témoignage, ne sachant pas vraiment combien de temps il sied de lui accorder. Emma, pour sa part, ne peut s'empêcher de faire mentalement la balance entre son respect pour son conjoint et l'imminence d'un gratin sur le point de brûler — le *ding* du four ayant retenti depuis déjà dix bonnes minutes, soit à peu près au moment où ils se sont assis.

Malheureusement, les errances chromatiques de Romain étaient vouées à reprendre. Elles arrivent à présent chargées d'un parfum de pommes de terre chaudes. Le fromage sur le haut n'a pas brûlé. Ouf.

Emma l'écoute refaire l'histoire, parler de sa dernière année aux Beaux-Arts, la meilleure de sa vie — c'est ce qu'il déclare avec une conviction touchante —, c'est pendant cette année qu'ils se sont rencontrés, Emma et lui, hein ma chérie, on sortait jusqu'à cinq heures du mat', c'était l'année où les Daft Punk avaient sorti *Human After All*, ces putains d'années 90... Et Emma de songer qu'elle a entendu ses parents faire ça en parlant d'une décennie, dire le mot « putain » juste avant — *ces putains d'années 70, 80, 90* —, et elle se sent vieille, tout à coup, elle aussi, comme si Romain sans le faire exprès lui avait inoculé un peu de ses regrets et de sa nostalgie. Sont-ils condamnés à imiter leurs parents jusque dans la mélancolie ? Faut-il le déplorer, ou au contraire se réjouir de les avoir rejoints dans l'acuité d'une émotion ?

Romain, dont les pensées ne sont manifestement pas synchrones avec celles de sa femme, poursuit sur sa lancée. Cette année-là ils sortaient tous les soirs, et lui ne se réveillait que pour le cours de l'aprèm, celui avec Guichard, un prof qui n'intéressait personne — Vlad t'en sais quelque chose —, mais la passion de ce mec le mettait en jambes pour peindre ensuite jusqu'en milieu de soirée. Vladimir et Romain se rappellent leurs enseignants et s'adonnent un moment à un ping-pong de noms qui n'évoquent rien à leurs compagnes. Un fou rire les prend quand ils se rappellent une prof qui avait entraîné la classe à traverser la Seine à poil sur le pont du Carrousel, pour injecter le classicisme du nu dans un décor moderne, ou autre connerie. Une provoc' vintage, mais tellement jouissive !

Romain remarque qu'Emma et Myriam ne partagent pas leur enthousiasme et renoue avec des réminiscences plus fédératrices. Emma venait le retrouver après ses cours. Ils faisaient la même chose que la veille : ils buvaient, ils sortaient, ils baisaient — pardon les amis, c'est juste la vérité. Emma, en l'écoutant, se dit que le rythme ternaire opère décidément aussi bien dans la vie qu'à l'écrit. En licence d'anglais à l'époque, elle n'en pouvait plus des cours de phonétique et terminait son roman.

« Un Romain, un roman, Emma a toujours eu tout ce qu'elle voulait, propose Vladimir, avec un sens de la poétique jusqu'ici insoupçonné.

— Emma a toujours eu ce qu'elle voulait, oui, puisqu'elle a été publiée l'année suivante, renchérit Romain avec un sourire si franc, si fier, qu'Emma à cet instant voudrait le couvrir de baisers. Elle débarquait rue Mazarine, dans l'appart minuscule que je louais à l'époque au dernier étage, une bouteille de vin à la main — d'ailleurs Myriam, je vois que tu apprécies celui-là, ça fait plaisir, on le dira au caviste —, ou bien on descendait à La Palette pour manger une planche jusqu'à la fermeture. Tout ça sur un fond d'électro, Death in Vegas ou les Daft...

— Je préfère *Discovery* », déclare Vladimir sur un ton de vérité générale — et si Emma ne le connaissait pas, jamais elle n'aurait pensé qu'une telle phrase puisse sortir de la bouche de cet avocat, si accoutumé aux costumes trois pièces que par réflexe il a revêtu ce soir une chemise blanche, beaucoup trop habillée pour ce dîner entre potes. Utilise-t-on encore le mot « potes », se demande-t-elle soudain, ou bien un autre l'a-t-il remplacé ? Sans nous en douter, parlons-nous désormais la langue de la *vieille garde* ? Notre nostalgie pour les Daft doit sembler aussi rétro aux yeux des jeunes, des vrais, que celle de nos parents pour Police et les Doors.

La suite du monologue de Romain a échappé à Emma, et maintenant sa chaise est vide. Un léger, très léger vertige la prend. « Parti chercher le dessert », lui glisse Myriam. Le vertige passe, et bientôt c'est comme s'il n'avait jamais existé.

Romain revient avec quatre verrines identiques, sur lesquelles tremble une gélatine rouge. Ils la dégustent avec les cuillères adéquates. La trentaine, songe Emma. C'est sur ce genre de choses. Sur ce genre de confort qui a commencé à compter.

Vladimir interroge Romain sur sa nouvelle mission. Emma, à ce moment-là, se demande si leur ami, malgré sa joie apparente à évoquer leurs souvenirs de jeunesse, n'a pas, en réalité, hâte que la conversation se porte sur autre chose.

Le front de Romain se plisse, se couvrant de rides d'expression comme pour s'ajuster à cet atterrissage forcé en territoire adulte. « Plus si nouvelle », tempère-t-il, acceptant tacitement d'être extirpé de son nuancier des *nineties*.

Il s'occupe de la communication d'un fameux opérateur téléphonique, qu'Emma et lui, par dérision, ont surnommé L'Entreprise, sur le point d'être racheté par un grand groupe — enfin, un groupe plus gros que lui. Un groupe étranger, même pas européen. Avant la signature, aucun scandale, aucune fuite ne seront tolérés. Rien ne doit compromettre la fusion. Manquerait plus que Bercy s'en mêle... Mais chut. « Tout ceci reste confidentiel », murmure Romain à l'intention de ses amis, dans une haleine avinée dont les effluves viennent instantanément discréditer les propos. À ce moment-là, Emma ne sait pas s'il est sarcastique. Confidentiel ?

« Mais enfin, tout le monde s'en fout, non ? » lâche Myriam, apparemment désinhibée par le reste de brouilly, se faisant néanmoins la voix du peuple, ou au minimum d'Emma, alors qu'elle traque les restes de crème blanche au fond de sa verrine. Sa franchise est de celles dont on rit : Emma et Vladimir s'esclaffent, néanmoins conscients d'admettre par là que Myriam vient de révéler ce qu'ils pensent eux aussi — la fusion-acquisition de L'Entreprise par le groupe coréen, ça intéresse qui ?

« Tu pourras dire un truc comme ça, demain, à

l'antenne ? » demande Vladimir à sa copine en lui embrassant la nuque. Ici, tout le monde sait que Myriam possède deux voix, l'une pour la radio, dans les émissions politiques qu'elle anime, et l'autre pour la vie. Romain, en bon « dir' com' » spécialisé en relations presse, avait sérieusement songé à couper les ponts avec Myriam le temps de sa mission : trop dangereuse, l'amie journaliste. C'est ce qu'il avait dit à Emma. Il avait finalement choisi de *valoriser* leur amitié en lui faisant confiance — c'étaient ses mots.

Une confiance que Myriam n'a pour l'instant pas trahie, au contraire, elle se vante toujours de maintenir une cloison étanche entre pro et perso. C'est bien pour ça qu'elle a deux voix, d'ailleurs, dit-elle en riant, et ce soir ils s'amusent en l'écoutant passer de l'une à l'autre sans problème, tel un robot qui changerait de mode. Emma s'est souvent demandé si les deux voix de Myriam jouaient un rôle dans sa vie érotique avec Vlad. Le professionnel déboucherait alors sur quelques orgasmes.

Vladimir demande à Romain pourquoi il a accepté cette mission, stressante *as fuck*, alors qu'il aurait pu la déléguer à un autre directeur associé de son agence.

Romain et ses yeux outremer s'arrêtent sur Emma. Il prend le luxe de différer sa réponse à Vladimir — lequel, soit dit en passant, se trouve décidément en verve ce soir lorsqu'il s'agit de rebattre les cartes de la vie des autres.

Emma surprend son regard sur elle. Elle sait que Romain la trouve belle, là, devant lui, avec ses cheveux châtains ramenés en un chignon désordonné, et ce grain de beauté sur la tempe qu'il lui a découvert pour la première fois sur un bateau, en Bretagne, il y a maintenant plus de dix ans.

Il le lui avait dit à maintes reprises depuis, lui avait détaillé ce moment où il avait dégagé une mèche de ses yeux et où il avait compris qu'il s'agissait d'un de ces instants pour lesquels on vit — et il y en a peu, finalement, et ils se concentrent tous sur la même période, la vie ne s'occupe pas de les répartir. Sur le bateau, Romain avait découvert un morceau supplémentaire de la femme qu'il aimait, une pièce détachée, et pourtant si merveilleusement rattachée au reste, à l'ensemble, à Emma, dont le grain de beauté ne se donnait pas à la vue du premier venu. Mais pendant ces quelques minutes — avec dans les narines les embruns qui venaient renchérir sur cette révélation —, à lui, le grain de beauté on lui en faisait cadeau. Le visage d'Emma lui donnait déjà une preuve d'amour, et elle ne le savait même pas.

Emma continue d'observer Romain. Elle se demande où il est parti, soudain, et dans le même temps elle espère en connaître la réponse. Il revient au rivage et s'aperçoit qu'il a oublié la question de Vladimir. Que voulait — encore — savoir Vladimir ? La dernière demande intrusive, c'était quoi, déjà, monsieur l'avocat ?

Emma entend Romain expliquer qu'*ils* l'ont convaincu. Tout simplement. Il développe, parle du patron de L'Entreprise, de tout l'argent qui est en jeu, du *défi* que ce poste représente pour lui, mais déjà elle ne l'écoute plus. C'est à son tour de partir. Elle a tendance à s'absenter lorsqu'elle reconnaît le formatage d'un discours, c'est plus fort qu'elle, le vent siffle trop dans ses oreilles — comme sur ce fameux bateau, en Bretagne, au large de Quimper, elle aussi y retourne souvent, mais ce jour-là, dix ans plus tôt, c'était un vent différent, qui arrivait chargé d'embruns et de promesses qui seraient tenues. C'est surtout celles-là qui étaient belles. Les promesses qu'on tiendrait. C'étaient elles qui avaient donné rétrospectivement tout son poids à ce moment ensemble. Elles l'avaient ancré dans la mémoire de l'un et de l'autre pour la suite, le transformant par là en un souvenir honorable, comme une preuve de leur fidélité à eux-mêmes, à ceux qu'ils étaient à cette époque. Peut-être même y retournaient-ils ensemble, Romain et elle, sur ce bateau. Peut-être que dix ans de vie commune accomplissaient cela, ce petit miracle, le fait qu'ils se donnent rendez-vous dans leurs souvenirs, réunis à la fois dans l'espace d'un appartement et dans celui d'une mémoire commune.

Mais comment en être sûre? Ce qui est certain, c'est qu'Emma y est à présent, pendant que Romain développe un argumentaire à l'intention de leur ami, sorte de démonstration en trois parties qui semble d'ailleurs satisfaire Vladimir — on l'a connu plus combatif, l'avocat.

La soirée s'achève ainsi qu'elles le font toutes : abruptement, inexorablement. Les deux couples se remercient et se font la bise. La nuit s'ouvre et se referme avec la porte d'entrée.

Vlad et Myriam partis, voici le couple seul. Bientôt ils arriveront au jour suivant, et en un flash la semaine défilera. On se demandera où sont passées les heures.

Emma se démaquille pendant que Romain s'affaire dans le salon. Elle tend l'oreille pour écouter ses bruits, en espérant le reconnaître jusque dans sa façon de déplacer les objets de leur quotidien, les chaises, la lampe, les bouteilles, les plantes, elle voudrait réellement, sincèrement, que son amour pour lui aille jusque-là.

Mais la réalité c'est qu'il y a deux mois Romain a commencé ce boulot, et Emma a commencé à le perdre.

Une impression tenace. Elle y pense même en écrivant, même quand son esprit veut s'éloigner : quelque chose toujours la ramène à Romain.

Elle a tenté de se raisonner mais le phénomène l'inquiète. Il ne s'agit pas d'une autre femme — sa jalousie envers Myriam tout à l'heure était feinte, elle se mentait à elle-même, elle essayait la jalousie comme on essaie une robe —, ni d'un manque de temps, bien que Romain travaille de plus en plus tard, non, rien de tout cela, rien de concret. Rien non plus d'aussi abstrait qu'un éloignement réciproque, qui les ferait dire des années après leur séparation : *on était devenus trop différents*. Aussi préoccupantes ces raisons soient-elles, au moins peuvent-elles faire l'objet d'une recherche sur Google ou d'une consultation chez un psy.

Non. Emma ressent depuis quelques semaines une peur, et celle-ci n'est pas faite de mots, c'est peut-être le plus effrayant pour l'instant. C'est un trouble équivoque, un piège qui a commencé à se resserrer dans son ventre. Elle n'a aucun contrôle dessus. Emma a l'impression de perdre Romain *autrement*.

B.

Tout avait commencé un mardi soir, à peu près deux semaines avant leur dîner avec Myriam et Vladimir.

Il était rentré tard du travail, comme il le faisait déjà depuis un moment — Emma s'y était d'ailleurs résolue : il allait falloir s'habituer aux repas pris devant la télévision ou un film, et au bruit de la porte d'entrée qui claquerait de plus en plus tard, avec ce son qu'on aime autant qu'il nous agace lorsque l'autre arrive enfin. Emma apprendrait les nuits commencées seule et interrompues par l'arrivée tardive de Romain, son dos, qu'il lui tournerait tout de suite, et aussi les journées débutées trop tôt par la stridence de son réveil, prolongée par ses efforts inutiles pour s'habiller en silence. Tout cela, il lui faudrait l'accepter, elle le savait, d'ailleurs ils en avaient discuté quand Romain avait signé son contrat : ça va être dur pendant un moment, je vais beaucoup bosser, s'ils m'ont proposé ce job c'est pour se reposer sur moi. Je suis leur seul espoir, avait-il plaisanté, et sur ces propos elle lui avait sauté au cou en l'embrassant, parce qu'elle ne pouvait pas résister à l'autodérision de ceux qu'elle aimait.

Mais le problème était ailleurs. Ce soir-là, Romain était donc rentré vers vingt-trois heures, fourbu, étranglé par sa chemise qu'il avait rapidement enlevée pour enfiler un sweat-shirt à capuche, rajeunissant de dix ans par la même occasion.

Dans la nuit d'hiver, Emma était sortie du lit pour lui faire la conversation cinq minutes, effleurant à petits pas le carrelage de la cuisine, qui avait glacé ses pieds nus pour lui remonter dans les jambes sous forme de frissons, puis était allée se recoucher, sans toutefois pouvoir s'endormir avant qu'il ne la rejoigne à son tour.

De nouveau allongée dans la pénombre, elle avait écouté la symphonie mécanique de leur chez-eux : la sonnerie du micro-ondes — Romain avait oublié de dîner, et maintenant qu'il avait passé la porte d'entrée, la faim lui tordait le ventre —, le brossage de dents, les interrupteurs, la chasse d'eau, un peu de tapage dans la salle de bains, et puis finalement ce corps chaud comme une fournaise, glissé près du sien sous la couette, dans ce lieu sacré qui n'était qu'à eux, peut-être l'endroit où Emma se sentait le plus en sécurité, avec à l'extérieur la rumeur de la rue assourdie par le double vitrage. Romain ne s'était pas tourné vers le mur ce soir-là, c'était un bon soir.

Et pourtant c'était ici, précisément, que la trahison avait eu lieu.

Il l'avait embrassée dans le cou, sous l'oreille, à l'endroit qu'elle préférait.

Puis, en collant sa poitrine contre son dos, en passant ses bras autour d'elle pour qu'ils s'endorment en cuillère, Romain, avec sa voix de toujours, sa voix chaude, rassurante, cette même voix qui lui avait dit *je t'aime*, Romain tout à coup avait murmuré :

« Passe une belle nuit. »

Un souffle régulier était ensuite arrivé dans son cou.

Une belle nuit. Elle n'avait pas pu fermer l'œil. Elle s'était allongée sur le dos, le regard vers le plafond.

Cette phrase, elle ne l'avait pas analysée, pas tout de suite, sur le moment elle en était incapable, elle n'avait pas compris pourquoi ces trois mots l'avaient mise dans un état pareil, car oui, une peur glaçante l'avait gagnée tout à coup. Emma dans le lit avait tremblé. La couette ce soir-là ne s'était pas rabattue sur un refuge mais sur un sarcophage. À quelques centimètres, Romain était déjà parti dans le sommeil, peut-être même voguait-il avec insouciance sur leur bateau au large de Quimper.

Il avait fini par se tourner dans l'autre sens. Il n'aurait pas pu s'éloigner davantage.

Une *belle* nuit ? Pourquoi pas une *bonne* nuit, tout simplement ? Pourquoi avoir eu recours, pour elle, juste avant de dormir, dans ce lieu qui n'était qu'à eux, à une *formule* ? « Belle », et pas « bonne ». Un mot pour un autre, mais surtout un mot pour *les autres.*

De ces mots qu'on écrit pour conclure les e-mails de travail. *Je vous souhaite une belle soirée. Un bel été. Un beau week-end.* Remplacer « bon » par « beau », maniérisme à la mode, sans doute, dont Emma ne s'était d'ailleurs jamais attardée à détailler les raisons : les gens devaient trouver ça plus chic, plus cool, plus moderne, bref cela l'avait toujours agacée, elle le savait, mais à présent ces mots étaient montés dans son lit.

Romain, qui à côté d'elle sombrait avec béatitude dans le sommeil, ne se doutait pas qu'il venait de remettre les clés à l'ennemi.

C.

« Non mais tu délires complètement. »

Voilà pour le verdict de Myriam : clair et sans appel. Emma l'avait rejointe quelques jours plus tard à la Maison de la Radio pour déjeuner. Elles étaient allées s'installer dans une brasserie du quartier.

Entre-temps, Emma avait tourné et retourné la phrase de Romain dans sa tête, moins pour en découvrir un sens caché que pour essayer de comprendre les raisons de son propre trouble. Le matin suivant, elle s'était surprise à guetter d'autres signes chez lui avant qu'il ne parte travailler, l'observant par-dessus les boîtes de céréales et les verres de jus de fruits comme derrière une tranchée.

Lui, ne s'était aperçu de rien, son éternel PC sous le bras, et continuait à l'embrasser dans le cou, juste sous l'oreille, sans se douter que ce contact à présent n'était plus pour elle que le préambule d'un mauvais souvenir. Elle avait serré les dents. Ce baiser de glace lui avait donné froid pour la matinée. Romain ensuite s'était penché sur la chaise haute de Roxane pour couvrir l'enfant de baisers, avant de quitter l'appartement en disant à sa famille de dîner sans lui. Et *bis repetita* les jours suivants — tous ouvrables.

« Emma, il travaille beaucoup, il est *hypra* stressé par sa mission! Tu te rends pas compte, je crois... Piloter la com' d'une boîte comme ça, en pleine fusion-acquisition! Avec tout l'argent qui est en jeu! Mais s'il gère bien, après c'est open bar pour lui, niveau taf. »

Emma laisse Myriam développer puis passer à un autre sujet. Sa voix devient bientôt un bruit de fond — et Emma de songer, furtivement, que c'est ainsi, sans doute, que la voix de Myriam arrive chez les gens, en remplissant lentement l'espace sonore de leur intérieur. Une voix chaude, réconfortante, qui pour certains ne vaut que pour ses sons, pendant qu'ils font la vaisselle ou surveillent les devoirs des enfants. Ce qui est dommage : les émissions de Myriam sont fantastiques. Elle interviewe les gens comme personne. Elle essaie de se tenir loin des débats stériles.

« Tu ne m'écoutes pas. Je disais que tu es marrante, quand même, Emma. Ton mec rentre très tard du travail, d'accord : la plupart des filles se diraient direct qu'il a peut-être une maîtresse! Mais toi, tu t'inquiètes pour deux mots! Tu écris, en ce moment? » Évidemment, il fallait que ça se retourne contre elle : Emma est obligée de faire son discours habituel sur son roman qui est en cours, enfin sur pause, parce qu'avec la petite tu comprends. *J'ai pas le temps.* Elle pensait qu'avec Myriam elle échapperait à ça, à cette justification de l'artiste, mais sa meilleure amie, elle aussi, indirectement, vient de l'exiger d'elle. Emma rit intérieurement de la situation. Quand vous commencez à écrire, les gens ne vous prennent pas au sérieux, mais un jour tout s'inverse, et ceux qui vous regardaient de haut s'attendent désormais à ce que vous écriviez comme si vous leur deviez quelque chose. Les doigts au repos d'une écrivaine sont-ils comparables à ceux d'une pianiste ? Voit-on leur désœuvrement comme vaguement inquiétant ?

Ainsi, Emma ne dit pas à Myriam que les rares fois où elle a pu s'asseoir devant son ordinateur, rien n'est venu. Les lettres n'ont pas franchi la frontière de ses doigts. Toujours assise, elle avait regardé ses mains impuissantes, saisie d'une brusque envie d'en secouer les phalanges pour en faire tomber les mots comme autant de gouttes d'eau.

Une frénésie l'avait envahie, et elle s'était levée d'un bond pour occuper ses mains — avec n'importe quoi, un chiffon, une tarte aux pommes, son smartphone, peu importait, tout aurait fait l'affaire pour combattre cette désertion inédite, effrayante, qui, si elle ne l'avait pas refusée aussi catégoriquement, aurait remis en cause son existence entière. Son identité. La première fois, elle s'était persuadée qu'il s'agissait d'une exception, rien de grave, au contraire, il en faut bien, mais le phénomène s'était répété. Trois, cinq, dix fois. Et toujours cette envie absurde de faire tomber les lettres restées bloquées dans ses doigts. Seul le mobilier avait été témoin de ces chorégraphies improbables, qu'elle avait accomplies comme des rituels, en invoquant elle ne savait quelle muse. Bien sûr, ces cérémonies n'avaient rien donné. Au moins Emma avait-elle pu, pour un temps, se dire qu'elles avaient compté dans le temps de l'écriture, à l'image des longues marches que l'on fait en ressassant un texte.

Plus rien ne semblait possible à présent. Des morceaux de phrases lui sautaient au visage pendant la journée, parfois même la nuit, mais une fois devant l'ordinateur elle ne savait plus rien. Dans la tête d'Emma des questions éclataient tour à tour : l'écriture peut-elle se désapprendre ? Quelle sera dans ce cas l'étape suivante ? La lecture ? Une à une, les lettres s'effaceront-elles ?

À la brasserie près de la Maison de la Radio, Emma ne partage pas cette défaite avec Myriam, pourtant sa plus proche amie, ni n'évoque son désespoir devant Roxane qui ne parle toujours pas, son enfant à qui les mots se refusent aussi. Et encore moins son inquiétude face à Romain, qui à présent choisit les mauvais — d'un revers de la main, Myriam a fermé l'espace de ces confidences. D'ailleurs il s'en faudrait de peu, sans doute, pour qu'elle traite Emma de folle. Elle n'aurait pas dû lui faire confiance.

Alors pourquoi Emma, au fond d'elle-même, a-t-elle envie de donner raison à Myriam, pourquoi voudrait-elle à son tour que ses craintes ne soient pas légitimes ?

Elle a maintenant perdu le fil de la conversation, chose fâcheuse quand on n'est que deux à y prendre part. Myriam s'en est rendu compte mais ne semble pas lui en vouloir.

Elle pose enfin sa main sur celle d'Emma, avec amitié et douceur :

« Aujourd'hui, ça fait un an qu'on a enterré mon grand-père. Il était venu de Tunisie avec une seule valise. Il avait toujours refusé que j'apprenne l'arabe… Il me hurlait dessus en me disant qu'à tout prendre il préférait que je dise des gros mots en français plutôt que de la poésie en arabe. Il illustrait ensuite ses propos avec des insultes des années 40… C'était drôle. Ma mère me couvrait les oreilles… Depuis un an, je pense à lui avant l'antenne. »

Emma voit Myriam se souvenir en même temps qu'elle lui parle. Un voile passe sur ses yeux.

« Les trois secondes, tu sais, juste avant que le voyant du direct ne s'allume… Elles sont pour lui. Il y a toujours un moment suspendu. Même ceux qui travaillent depuis vingt ans à la radio te le diront. Ce petit temps-là, eh bien c'est comme une prière. Je la fais en arabe… Pour l'emmerder un peu quand même. »

Myriam sourit, et dans ce court espace, Emma oublie ses angoisses.

Elle poursuit : désormais elle a l'impression de parler pour lui, pour le vieil Ottman aujourd'hui disparu. Elle espère que d'une façon ou d'une autre, les vibrations de la radio lui parviendront jusque sous terre, là où il est inhumé, quelque part entre Tunis et Hammamet. Trois secondes avant que le voyant ne passe au rouge, avant que des millions de Français n'entendent sa voix, sa petite-fille pense à lui, elle qui parle à tous ces gens dans leur langue, et cela elle le fait en hommage à celui qui fut autrefois un éleveur de chèvres, dans un pays qu'elle-même n'a connu qu'en vacances. Trois secondes, autant dire presque rien — un petit temps de vie quand même si on les additionne. Pour lui, là-bas, enterré dans un pays dont elle-même s'est un peu moquée pour s'absoudre de ne pas le connaître. Elle le sait et s'en veut, de cet héritage laissé intact, inerte, comme une valise oubliée dans une consigne de gare.

Myriam dit tout ça, l'air de rien, avant de se tourner en direction du serveur pour lui faire signe avec sa carte bleue : oui ce sera par carte, merci.

Comment fait-elle ? Après ce qu'elle vient de dire, Emma ne peut que lui pardonner le début si désastreux de ce déjeuner, son manque d'empathie, son incompréhension, et même ses questions sur son écriture. On dirait qu'elle l'a fait exprès.

Myriam secoue ses cheveux noirs, réajuste sa chemise et doit maintenant la quitter. Vlad et elle dîneront chez eux dans deux semaines, a priori le jeudi, Romain les a invités. D'ailleurs, il paraît qu'il veut reprendre la peinture ?

D.

Dans l'ensemble, c'était un dîner réussi, même si Vlad verse dans l'inquisition après deux verres d'alcool. Déformation professionnelle, sans doute.

Une fois la porte refermée sur leurs amis, Romain passe ses mains autour de la taille d'Emma. Il a envie de faire l'amour. Avant la naissance de Roxane, il y a trois ans, ils n'auraient pas pris la peine de débarrasser et seraient directement allés dans la chambre avec un rire, remettant la corvée au lendemain. Dans la pénombre, sur une housse de couette achetée ensemble, Emma, qui dans cette perspective aurait revêtu des sous-vêtements neufs en début de soirée, aurait laissé à Romain l'illusion de la redécouvrir.

Mais maintenant, après la naissance de la petite, avec tous les impératifs concrets, et, il faut bien le dire, peu romantiques, qu'entraîne l'arrivée d'un nourrisson, à quoi bon se raconter des histoires ?

Il est minuit et demi. Emma rassemble les assiettes et les passe à Romain, qui les range parallèlement les unes aux autres dans le lave-vaisselle. La cire des bougies, qui a coulé sur la table en bois, évoque les vestiges d'une guerre dont l'issue ne cesserait d'être ajournée. Emma la grattera au couteau le lendemain au réveil, à sept heures et demie, dans la lumière bleue de novembre, puis se résignera à accepter les traces de cire qui, quoi qu'elle puisse faire, perdureront. Un prochain dimanche d'ennui, Romain poncera la table au papier de verre, et ensemble ils l'enduiront ensuite de cire incolore. Deux couches. En attendant que ça sèche, ils observeront, côte à côte devant la fenêtre, la rue en contrebas. La cire séchera, ils lustreront une dernière fois la table en chêne et il n'y paraîtra plus. Elle sera prête pour d'autres guerres. Les précédentes n'auront pas eu lieu.

Ce soir, l'envie de Romain s'évanouit quelque part entre les bulles du liquide vaisselle — ils lavent leurs verres à la main — et celles du dentifrice. Ce soir ils ne font pas l'amour. Ils s'étendent ensemble dans des vapeurs de vin rouge. Chacun s'engourdit dans le sommeil de l'autre. Le lendemain matin, Emma pliera ses sous-vêtements noirs, restés propres, pour les ranger dans le tiroir de la commode.

Le vendredi soir, Romain rentre tard, Emma ne l'entend pas. Le week-end ensuite amène avec lui le soulagement d'un repos mérité, cependant accompagné des tâches hebdomadaires dont il faut s'acquitter pour la semaine à venir. Romain ne semble pas remarquer qu'ils n'ont pas fait l'amour ce week-end, alors que d'habitude ils trouvent toujours le temps — un *créneau*, avait dit une fois Romain à une Emma scandalisée. Il répond à trois coups de fil le dimanche, et le soir il ne l'attend pas pour éteindre la lumière.

La vie reprend, et pendant un moment Emma se convainc qu'elle est folle d'avoir fait une fixation sur une parole en l'air, prononcée par Romain il y a maintenant presque trois semaines. Elle veut oublier le « belle nuit » et le froid dans son dos, cette solitude immense qui tout à coup s'était ouverte sous ses pieds à la façon d'un gouffre dans un film d'aventures.

Elle s'aperçoit néanmoins qu'elle n'aime plus que Romain la touche. Elle fuit son souffle dans son cou et trouve toujours le moyen d'éviter qu'ils ne s'endorment en cuillère. *Ne jamais tourner le dos à l'adversaire* : elle avait lu cette phrase dans un manuel de guerre offert par son père.

Elle s'écarte d'instinct quand la cuisse de Romain ou son épaule viennent la frôler dans le lit, et elle s'en veut de ce réflexe, celui de fuir un homme qui un jour lui a dit à l'oreille qu'il l'aimerait toute sa vie — et ces mots, si galvaudés, si risibles fussent-ils, s'étaient soudain chargés de sens. Elle lui avait été reconnaissante d'avoir redonné vie à des mots, et d'avoir pu le faire par sa seule voix et sa seule présence.

Emma désespérée court après cela, cette sensation-là, ces mots lourds, nobles et pleins, qui tombent au fond du ventre comme un repas chaud, qui comblent et rassasient et donnent du sens à l'existence : des mots qui veulent dire quelque chose, qui portent avec eux une charge affective.

Peut-elle lui en parler ? Non.

Romain n'a pas le temps, pas même celui de manger.

Romain dans son sillage laisse des tasses de café avec du marc au fond.

Son portable sonne si souvent que Roxane, de sa voix de cristal, dans un réflexe pavlovien, s'est mise à en fredonner la mélodie de temps à autre. Leur fille fredonne des notes de musique, rien que des notes de musique — aucune parole intelligible ne sort encore de sa bouche.

Emma rédige des articles pour des magazines, des chroniques dans des quotidiens, et elle aime à se raconter que, par là, elle parvient à capturer l'écriture au lasso, à l'apprivoiser de nouveau. Elle se méprise elle-même pour ces faux-semblants : elle sait très bien qu'il n'en est rien. Elle prétend dompter des fauves quand elle ne fait qu'éduquer des chatons : cinq mille, dix mille mots, parfois peut-être plus, mais le tigre, lui, reste en liberté, cela fait des mois qu'elle lui court après, mais désormais elle ne peut plus le mettre en cage et encore moins le chevaucher. Elle s'essouffle à chasser un talent qu'elle avait cru inné.

Romain pendant ce temps vaque dans l'appartement.

Quand il lui dit qu'il l'aime, un matin, avant de partir travailler, elle n'arrive pas à répondre. Tout le jour elle reste en état de choc.

Lui, n'a pas pris acte de son mutisme : ils n'en sont plus à rechercher l'équilibre dans leurs déclarations. Il l'embrasse puis s'en va après son *je t'aime*. Il n'attend rien d'elle tant il est sûr de tout. C'est peut-être cela, son tort, finalement, de ne plus tendre l'oreille après ce genre de mots, de ne plus leur espérer d'écho.

La porte d'entrée se referme sans bruit. Le soleil de huit heures atteint Emma de biais. La journée, dehors, n'attend que son feu vert. Elle s'assoit sur la table du salon, les pieds dans le vide, sans entendre Roxane qui la réclame en pleurant.

E.

Un week-end, Romain saute de joie devant son smartphone. Emma ne prend pas la peine de lui demander ce qui se passe tant elle est habituée aux interjections qu'il prononce devant son écran, plusieurs fois par jour, selon les bonnes et les mauvaises nouvelles que les pixels répercutent sur son œil bleu.

Le plus souvent, il s'exclame de joie ou de frustration, puis reste là à fixer l'écran du portable, absorbé par une réflexion dont elle ne connaîtra jamais la teneur, avant de pianoter compulsivement sur l'écran, de passer un appel à « Jean-Luc » ou à « Zoé », ou encore de se précipiter sur son PC, pour y rester un temps qui varie entre deux minutes et trois heures. Le week-end ne fait pas exception.

Emma ne s'en plaint pas, elle s'est juré de ne pas devenir « la femme », « l'épouse » qui « ne comprend pas » ce qui se joue pour lui, pour sa carrière et leur avenir. Elle préférerait partir, le quitter, plutôt que de remplir le rôle auquel, depuis que Romain l'a accepté, ce nouveau job la prédestine. Elle connaît cet écueil depuis le début. Emma, donc, ne dit rien.

Mais voilà, sans crier gare, un week-end ça reprend.

Heureux comme un enfant, Romain a reçu sur Facebook un message d'un ancien ami, un très bon ami, avec lequel il a fait sa scolarité jusqu'à ses dix-huit ans. Cet ami, c'est Mehdi, ensemble ils jouaient au foot et partageaient Tic Tac, Kit Kat, Tipp-Ex et cahiers de maths, totems de jeunesse sans équivalents après le bac. Ils se sont perdus de vue depuis quinze ans.

Emma comprend la force d'un tel lien, de ces objets du passé, d'une amitié qui, si elle dure dans le temps, acquiert une valeur difficile à expliquer autrement qu'en termes factuels et un peu idiots. Emma aussi a des « amies de toujours », de « vieilles amies », et pour parler d'elles, elle fait comme tout le monde, elle emploie ces expressions parce que c'est plus simple — et puis comment parler du reste, de l'intouchable ? De l'odeur du préau les jours d'hiver, des vibrations de la sonnerie annonçant la fin de la récré, des cheveux de Marion ou de Céline qui vous précèdent dans les escaliers jusqu'au cours de français, des matins où l'on arrive en même temps à huit heures alors qu'il fait toujours nuit, et où, en échangeant la bise habituelle, on respire la matinée de l'autre sur ses joues, avec le sommeil resté sur ses paupières, et alors on se dit que la journée pourra être longue et rude, mais qu'au moins on l'aura commencée ensemble. Tout cela, Emma l'a compris, est hors de portée et surtout hors des mots.

Romain l'a vécu avec Mehdi, et cela explique que son corps, tout à coup — inexplicablement vêtu, un samedi, d'une chemise —, se mette à bouger comme celui d'un adolescent.

Soudain Emma ne le reconnaît plus tout à fait, Romain est traversé par une énergie si belle, si innocente, qu'elle n'ose plus bouger par peur de couper ce nouveau courant électrique. Il a levé les yeux du téléphone et lui lance à présent un regard qu'elle n'a jamais connu. Mehdi lui a écrit ! Il est revenu de Los Angeles, où il a passé quatre années, et voudrait renouer avec Romain. Il se réinstalle à Paris après un divorce pénible.

Romain se jette sur son téléphone pour lui répondre, avant de se raviser : ne faudrait-il pas, peut-être, attendre un peu ? Différer au lendemain son message, pour ne pas paraître trop... Comment dire ? Enthousiaste ? Emma sourit à cette précaution de jeune fille devant un nouvel amoureux.

Romain écrit à Mehdi dans la soirée — après réflexion, ils ont estimé ce délai raisonnable —, et son vieil ami lui propose immédiatement un rendez-vous. L'affaire est conclue, ils dîneront ensemble. Romain, qui pourtant passe le plus clair de ses soirées au siège de L'Entreprise devant des sushis ou des pâtes réchauffées au micro-ondes — les soirs où il pense à dîner —, s'arrangera pour se libérer. Il annonce cela avec une telle aisance qu'Emma, l'espace d'un instant, lui en voudrait presque : pour Mehdi, bien entendu, Romain arrivera à se dégager une soirée.

Les deux copains conviennent d'une date : un mercredi soir, tu ne m'en veux pas chérie, de toute façon que je sois au boulot ou avec lui, c'est pareil pour toi, non ?

Le mercredi soir arrive. Emma couche Roxane, qui s'endort plus rapidement que d'habitude, puis prend place sur le canapé et s'ouvre une bouteille de vin blanc, en se forçant à ne pas trop regarder l'horloge murale.

Celle-ci affiche minuit quand la porte d'entrée grince. Emma entend Romain traîner les pieds. Elle est à demi endormie sur le canapé, le plaid sur les jambes, et jette un œil vers la bouteille de vin toujours posée sur la table basse : elle en a bu la moitié. Quand même.

Elle aperçoit l'ombre de Romain, qui passe directement à la salle de bains sans venir la trouver, alors qu'elle a volontairement laissé la lumière du salon allumée. Derrière la porte fermée, elle peut entendre le bruit de sa brosse à dents électrique. De toute évidence, il ne veut pas lui parler.

Elle va se coucher, vaguement blessée, piquée d'avoir attendu toute la soirée quelqu'un qui ne prend pas la peine de venir l'embrasser. C'est un corps glacé qui s'étend à côté du sien ce soir-là, pour lui tourner le dos tout de suite.

Elle fait semblant de dormir, mais de toute façon Romain ne se soucie pas de son sommeil. Quand il arrive dans la chambre, le vent d'hiver lui donne l'impression de souffler jusque sous la couette, malgré tout ce qu'ils ont fait pour isoler l'appartement, en dépit du calfeutrage de la porte d'entrée, ce foutu vent passe toujours. Emma s'endort transie de froid.

Le lendemain matin, Romain semble dans de meilleures dispositions. Elle fait ce qu'elle peut pour ne pas lui en vouloir de la veille. Elle accuse même le vin blanc : une demi-bouteille un jour de semaine, c'était vraiment trop, j'ai dû mal interpréter son comportement, il devait être simplement fatigué, ou il n'a pas voulu m'ennuyer avec le récit de leurs retrouvailles. Un dîner entre mecs qui boivent des bières en parlant du lycée, il y a plus captivant.

Et pourtant, au fond d'elle-même, Emma sait qu'elle se raconte des histoires, qu'elle tente de trouver des excuses à Romain, parce qu'il fut un temps où elle et lui se seraient amusés de n'importe quoi, et en premier lieu d'un dîner comme celui-là, qu'ils auraient pris plaisir à décortiquer, en préférant mille fois cette conversation ensemble aux événements réels — le récit du dîner, plutôt que le dîner lui-même. Emma le sait et s'en souvient, mais Romain le sait-il toujours ? S'en souvient-il ? Ou bien se raconte-t-il l'autre version, celle des bières et des blagues entre potes, qui n'intéresserait pas une épouse, « si tu étais venue tu te serais beaucoup ennuyée mon amour », une version où l'indifférence se fait passer pour de la sollicitude ? Elle n'en a pas la réponse mais les questions tournent dans sa tête tandis que Romain a saisi deux biscottes pour y étaler, de façon étonnamment uniforme, une noisette de beurre demi-sel. Il a laissé son PC portable ouvert à l'autre bout de la table.

Depuis dix minutes, Roxane dans les bras d'Emma se tord dans tous les sens et refuse ce que sa mère lui propose à manger. Avec lassitude, Emma finit par déposer la petite sur sa chaise haute, avec un mouvement comparable au lancer d'un paquet de linge dans le tambour d'une machine à laver. Les trois ans de Roxane pèsent des tonnes.

La petite ouvre la bouche, une lumière tout à coup

s'allume dans son regard, Emma, sur le qui-vive, guette une parole... Mais rien. Les yeux bleus de leur fille semblent attendre qu'une discussion advienne entre ses deux parents. Comme pour satisfaire sa prière silencieuse, Emma pose la main sur l'épaule de Romain. Il sursaute.

« C'était bien, hier ?

— Ah, je ne t'ai pas raconté ? »

Comment peut-il ne pas se rappeler qu'ils ne se sont pas parlé la veille ?

« Tu es venu directement au lit, je crois. Je devais dormir. »

Le « je crois » n'ayant été ajouté que par accoutumance aux concessions conjugales.

Romain joint ses mains derrière sa nuque et se craque le cou, puis le dos.

Emma l'entend alors lui raconter que la rencontre avec Mehdi était acceptable, mais pas vraiment *au niveau*. L'échange était *fluide*, globalement *satisfaisant*, avec assez peu de silences, mais il y avait un problème de *contenu*. Comme ils ne s'étaient pas vus depuis longtemps, avec Mehdi, ils ont dû *ajuster le tir*, tu comprends.

Un temps infini s'écoule après ces propos, dont Romain n'a cependant pas l'air de prendre la mesure, puisque dans un bruit sec il achève de se craquer les vertèbres, avant de faire subir le même sort à sa biscotte. Emma ne peut détacher son regard du mouvement rotatif de ses mâchoires en action, qui en broient imperturbablement chaque bouchée avec une stupéfiante régularité.

Une odeur de beurre salé se met à émaner de son haleine. L'image de leur bateau en Bretagne, pris dans les embruns, se rappelle soudain au souvenir d'Emma, mais cette fois-ci la vision semble factice, pareille à une publicité des années 90 : ses couleurs sont outrancières, comme si l'image avait été capturée sur une vieille pellicule de celluloïd. Inflammable.

Emma est toujours à côté de lui, hébétée, mais Romain doit penser que la conversation est close : il a fait un geste vers son téléphone.

Elle finit par se ressaisir :

« Je ne suis pas sûre de comprendre... Vous n'aviez rien à vous dire ? Tu ne t'es pas senti proche de lui ? »

Avec patience il lui répond que non : il n'a rien à reprocher à Mehdi, mais il s'attendait tout de même à mieux, vu leur *passif*. Cela dit, peut-être qu'il se reposait trop sur de l'*acquis*. Et puis le resto était un poil décevant, *rapport qualité/prix*.

Emma refuse de s'avouer vaincue et revient à la charge :

« Mais tu as ressenti quoi ? Tu étais quand même content de le voir, ou pas ? »

Elle tente de maîtriser l'inquiétude de sa voix, et aussi la sueur qui a commencé à exsuder de ses pores depuis le début de la conversation.

Pendant qu'elle parle, loin derrière Romain, à l'autre bout de la table, elle aperçoit l'écran de son PC portable, qui s'est mis automatiquement en veille et affiche maintenant des diapositives préenregistrées. Des forêts de pinèdes, des océans, des dunes et des couchers de soleil, tous issus du stock d'images de l'appareil, se succèdent dans des fondus enchaînés.

Les yeux d'Emma refont le point sur Romain, qui a pris un temps de réflexion. Assise près d'eux, dans sa chaise haute, ce n'est pas Roxane qui rompra ce silence, où l'espoir peut encore apparaître.

Finalement il déclare qu'il donnerait au rendez-vous un trois sur cinq, mais guère plus. Ça *ne vaudrait pas le coup* de revoir Mehdi.

Sur cette réponse, manifestement définitive, il embrasse Emma sur le front et attrape son PC, dont il referme le clapet d'un geste précis, avant de le glisser sous son bras.

Il rentrera tard, lance-t-il par-dessus son épaule : L'Entreprise veut faire une *conf' call* avec les Coréens, ça risque de durer. Qu'elle ne l'attende pas. Il la remercie pour sa compréhension. La porte se referme derrière lui.

Emma reste là, dans la cuisine, et se surprend à chercher du regard un ébrèchement sur les tasses du petit déjeuner, les assiettes ou les verres, puis, faute de trouver, contemple le mur — un mur sur lequel l'image d'une femme floue, photographiée en mouvement, ne peut même pas lui renvoyer un regard de désarroi. Cette femme, c'est Emma elle-même, photographiée par Romain lors de sa dernière année aux Beaux-Arts, mais une Emma méconnaissable et trouble, prise dans les voiles transparents qui couvrent son corps de la poitrine aux pieds. Romain a détouré la photo avec de la peinture bleu foncé, qui vient former un cadre dans le cadre — on appelle ça une *marie-louise*, lui avait-il dit. La femme — Emma, en regardant l'œuvre, pense toujours « la femme », jamais « moi » —, les bras jetés en avant à la manière d'une danseuse de Pina Bausch, semble vouloir repousser l'étau de peinture avec ses paumes. Aux visiteurs de passage qui leur posent la question — et ils la posent toujours —, ils ne disent pas qu'il s'agit d'Emma sur la photographie. Ils ne se sont pas concertés là-dessus, c'est comme si ce non-dit, dans ce qu'il impliquait d'intimité, allait de lui-même.

Emma met un moment à comprendre ce que ses yeux, en parcourant frénétiquement la pièce, semblent seuls à savoir. Elle cherche dans l'espace autour d'elle les répercussions de ses vibrations intérieures, celles que les propos de Romain viennent de déclencher.

Quand la porte d'entrée s'est fermée, les murs ont eu l'air de trembler. Illusion de l'esprit, leur blanc crème ne s'est guère lézardé. Elle cherche malgré tout des traces du tremblement de terre. En vain. L'appartement n'est désolant que par son silence. Lequel est bientôt rompu par une Roxane qui se met à pleurer sans raison — ou plutôt si, peut-être que sa fille en est venue aux mêmes conclusions, et que l'enfant, à sa manière, répercute l'onde de choc. Il le faut bien, puisque les murs, les assiettes, les tasses et la photographie refusent obstinément d'accuser le coup, d'attester de ce qui, soudain, s'est mis à parler par la bouche de Romain.

F.

Elle laisse tomber l'idée d'écrire. Elle a cessé de secouer ses doigts, qui ne sont plus bons qu'aux tâches ménagères et aux ablutions quotidiennes. Ses journées se divisent ainsi entre les courses, qu'il faut bien faire, le ménage, qu'elle ne se résout pas à déléguer à quelqu'un d'autre puisqu'elle est à la maison, et bien sûr l'entretien du corps, toujours, qu'elle poursuit pour elle-même désormais puisque Romain ne la touche plus.

Elle a la nostalgie de l'animalité en lui. Des mouvements de son corps, qui ne semblaient obéir qu'à une logique instinctive, celle de prolonger les gestes qu'elle-même avait tracés pour lui. Il fut un temps où ils dialoguaient par la symétrie de leurs pulsions. Chaque instinct était le bon.

À cette époque, elle corrigeait les épreuves de son premier roman, c'était le temps de la rue Mazarine et du café La Palette, celui des amis à qui l'on dit volontiers au revoir comme s'ils n'avaient servi qu'à différer délicieusement le moment de se retrouver en tête à tête, du temps où les mains de Romain glissaient sous sa jupe au cinéma, au restaurant, ou dans le plus banal des bars, à l'époque où l'on se promet à soi-même de ne jamais accepter un bonheur qui serait en deçà de celui-là.

Elle corrigeait ses épreuves, mais sous ses propres mots elle ne cessait de voir le visage, le corps de Romain, ses pensées la brûlaient, elle avait envie, dans un geste théâtral, de jeter par la fenêtre les pages du manuscrit — dont le nombre la surprenait à chaque fois : tout cela était réellement sorti de ses mains? —, avant de descendre l'escalier à toute vitesse pour le retrouver. Au lieu de ça, elle replaçait avec cérémonie l'élastique autour des feuillets et allait prendre une douche froide. Comme toutes les filles sages, elle jugulait ses urgences.

Celles-ci n'en étaient que plus violentes lorsqu'ils s'allongeaient sur le parquet de la rue Mazarine, comme si Emma avait eu envie de faire payer à Romain l'attente, l'élastique raisonnablement ramené autour des pages A4, le métro, qui trop longtemps s'était arrêté entre deux stations, tel ou tel ami, qui s'était éternisé comme par un fait exprès; Emma désirait faire payer tout cela à Romain, coupable malgré lui de n'avoir pas su que du matin au soir elle l'avait voulu.

Elle passait ces pensées sous silence, mais il en recevait le condensé quand, couchée sur lui, elle serrait ses poignets dans la lumière extraterrestre du néon de la pharmacie d'en face, qui s'abattait par intermittence sur eux dans la pièce obscure.

Pourquoi avoir réprimé sa propre sauvagerie? Elle se le demande maintenant, maintenant qu'il est trop tard et que Romain lui glisse entre les doigts. Elle aurait dû courir à lui dès qu'elle en avait eu envie, au lieu de s'astreindre à ce rôle de fille gentille, qu'elle avait toujours joué par habitude et par conditionnement. Jusqu'ici, elle ne s'était vraiment libérée que dans son écriture, pour laquelle elle ne tolérait aucune censure.

Emma à présent prend conscience qu'elle n'a cessé de renouveler un pacte implicite avec la société, pacte qui donnait à celle-ci un pouvoir plus ou moins global sur son apparence, en échange duquel elle disposait pour ses écrits de toute la latitude possible. Si elle faisait en sorte d'être belle et désirable, en réalité c'était pour être entendue. Pour être lue. Pour que les yeux des puissants consentent à se déporter de son corps à ses mots.

En ramassant les jouets de Roxane, qui jour après jour reviennent coloniser le parquet du salon, petits soldats d'une guerre dont les enjeux lui échappent et que sa fille semble mener clandestinement, Emma repense aux débuts de son histoire d'amour, comme si un examen minutieux pouvait lui permettre d'en identifier le premier mauvais virage. Il doit bien y avoir un moment, se dit-elle, un tournant, quelque chose qui se passe, qui fait qu'un jour on n'embrasse pas l'autre de la même façon, et que dans ses yeux la promesse cède la place au réel. Elle ne trouve pas et s'en veut de chercher.

Pour Romain le week-end se fond désormais dans la semaine. Le dimanche, il va parfois bruncher avec Zoé, Jean-Luc, ou un autre collègue qui pour Emma restera un nom flottant, désincarné, des lettres vides auxquelles ni silhouette ni visage ne seront associés. Elle lui a demandé pourquoi il tenait à ces brunchs : il les voyait déjà toute la semaine, n'était-ce pas suffisant ? Il avait répondu qu'à force de passer tant de temps ensemble on se met à *partager* des choses très fortes. Et le *partage* est une *valeur essentielle*, en entreprise comme ailleurs. En entendant cette phrase, Emma avait abdiqué sur-le-champ, et Romain avait alors cru que ce renoncement était dû à la promesse qu'il lui avait faite, celle que tout ça serait bientôt fini : plus qu'un mois jusqu'à la signature, ensuite ils pourraient reprendre comme avant.

Comme avant ? Emma, plus pâle que d'habitude — Romain s'en était-il aperçu ? —, avait hoché la tête doucement. Il l'avait embrassée sur le front. Elle l'avait méprisé d'être heureux de cette attitude docile, qu'elle n'adoptait pas par conciliation mais parce que sa combativité déclinait. En voyant qu'elle ne répondait plus, il l'avait même prise dans ses bras, dans un geste protecteur, la remerciant d'être si douce, de le comprendre. Mais c'était lui qui ne comprenait rien en voulant voir de la douceur dans ce qui n'était qu'un aveu d'impuissance. Peut-on aimer quelqu'un qui vous sait gré de votre faiblesse ?

Emma néanmoins avait étreint Romain, la joue posée sur son épaule. En sentant le muscle carré sous sa chemise, elle avait songé au nombre de fois où elle l'avait observé dans le soleil de juillet, ce muscle rutilant de l'épaule de Romain, un bijou atypique diffractant ses facettes dans la vitrine de l'été.

Sous la popeline de coton cent vingt fils, sa peau était-elle toujours la même ? Emma n'en savait rien, elle ne la voyait plus, ou si peu. Comme le reste du monde, elle n'avait plus accès qu'aux zones socialement acceptables de son corps.

G.

Un midi, elle va le voir au siège de L'Entreprise, à La Défense. Elle se dit que les gens font ces choses-là, ils se retrouvent pour déjeuner, sa démarche n'a donc rien de suspect, même si Romain a l'air interloqué lorsqu'elle le lui propose, la veille pour le lendemain. Elle a de la chance, lui répond-il, il n'a pas de *dej* prévu ce jour-là ni de *call* calé à l'heure du *dej*. D'habitude, il n'est pas libre à midi. Mais cette fois-ci, c'est possible. Emma prend la mesure de sa chance, et le lendemain matin ils se disent au revoir de façon un peu différente, comme s'ils partageaient un secret.

Emma laisse Roxane à la voisine, à laquelle pourtant elle n'aime pas demander service, mais aujourd'hui elle sent, sans savoir pourquoi, que ce déjeuner avec Romain est important.

Ce n'est qu'une fois arrivée sur place qu'elle comprend. En sortant du métro, elle lève les yeux vers le sommet des tours, et instinctivement elle sait que si elle est venue ici, c'est pour aller trouver l'ennemi sur son territoire.

La proposition inoffensive d'un repas entre époux était en réalité un prétexte pour enquêter, ou du moins pour identifier ce qui, dans l'acier des édifices, dans l'air des climatisations, dans le centime retranché des formules déjeuner, est parvenu à pénétrer dans le sang de Romain.

En patientant dans le hall de L'Entreprise, elle se dit qu'elle l'aime encore. Forcément. Sinon, pourquoi prendre cette peine ? Pourquoi les quarante minutes de métro ? La brosse, passée sur le haut du crâne pour lisser les bosses de sa queue-de-cheval ? Pourquoi les heures devant l'ordinateur avec le curseur qui clignote, avant de renoncer une fois encore ? Ce matin, elle a de nouveau reculé devant ses propres mots. À quoi tout cela la mènera-t-il ? Faudra-t-il qu'Emma renonce à Romain ?

Pendant un temps, elle s'était demandé : pourquoi ne pas prendre un amant ? Mais elle ne percevait que trop la gratuité de la question dès lors où celle-ci lui venait sous la forme d'une interro négative. Et puis elle les trouvait tous trop moches, ou trop cons, et elle aimait Romain.

Et doit toujours l'aimer, forcément, parce qu'il ne serait pas si difficile de laisser tomber leur couple. Un divorce aujourd'hui, c'est vite vu. Même avec un enfant. Romain a beau avoir *changé* — comme ce mot, une fois énoncé, arrange le monde entier : il a changé, c'est tout, car au cours de leur existence les gens changent, Emma —, il se montrerait assez clairvoyant pour reconnaître les avantages d'une séparation en douceur. Lui non plus ne voudrait pas que Roxane soit déchirée par des crises parentales à n'en plus finir. Emma tout simplement pourrait quitter son mari. Et elle le sait. Vladimir s'occuperait avec obligeance de la procédure, ou bien les enverrait vers quelqu'un d'autre. Tout cela pourrait se révéler d'une facilité déconcertante. De quel côté leurs amis se positionneraient-ils ? À qui irait la loyauté de Myriam et Vladimir ? Questions périphériques, néanmoins prises en compte dans une telle réflexion.

Emma se demande quel son aurait la voix de Myriam dans le poste de radio, si d'aventure celle-ci décidait de prendre le parti de Romain. Redeviendrait-elle une voix désincarnée, derrière laquelle s'estomperait lentement le souvenir d'une amitié ? Le timbre de cette voix se ferait-il de plus en plus opaque avec le temps ? Vladimir quant à lui, sans nul doute, choisirait le camp de Romain, de la même façon qu'il l'avait imité en laissant tomber les Beaux-Arts. Ils s'étaient liés pour de bon dans cette solidarité de déserteurs.

Leur démission ne s'était pas accomplie d'un coup, bien sûr. On aurait pu dire que c'était « la vie », et d'ailleurs c'est ce qu'ils avaient déclaré quand ensuite on leur avait demandé la raison de ce virage : passer des Beaux-Arts à une école de commerce pour l'un, à une fac de droit pour l'autre, on ne pouvait pas faire plus drastique. Et Vladimir et Romain, ensemble ou séparément, sans a priori s'être concertés, de répondre aux gens que la vie en avait décidé autrement.

Derrière cette expression se tenait un lent renoncement, qui pour Romain avait pris toutes les apparences d'une mort symbolique, ou plutôt d'une agonie.

Il n'avait pas eu de chance pour ses deux expositions,

programmées ou tombées au mauvais moment : la première en pleine affaire DSK, la seconde juste avant les élections présidentielles. La presse ne parlait que de ça, réduisant ses rubriques arts et culture à une peau de chagrin. Romain pourtant avait été remarqué parmi sa promotion. On « l'attendait », mais moins que l'actualité immédiate. Seuls la famille et les amis fidèles s'étaient déplacés et lui avaient acheté quelques tableaux. Sa seconde expo, l'année suivante, combinait peinture et photographie. La plus belle œuvre, la plus grande, celle avec la photo d'Emma repoussant le cadre de peinture bleu foncé, ils l'avaient gardée chez eux. Romain avait donné les autres ou les avait jetées. Cette photo était désormais la dernière trace visible de la vocation de Romain, comme un regret en grand format — car l'œuvre était grande, de la taille d'une affiche de cinéma —, qui lui rappelait chaque jour son échec. Car aucun revers ne fait abandonner l'art quand on est un véritable artiste, c'est du moins ce que Romain s'était sans doute dit chaque jour. Le rouge montait aux joues d'Emma quand elle pensait qu'il devait se flageller en se reprochant son propre renoncement.

Lui en veut-il de ne pas avoir abdiqué l'écriture ? Lui qui, après avoir abandonné la peinture, et l'art en général, s'était refusé à continuer en amateur, le week-end ou pendant les vacances. Impossible, avait-il éclaté, en colère, la seule fois où Emma en avait évoqué l'éventualité : c'est ça, au contraire, qui aurait été déshonorant. Pour lui et pour son idéal. S'il ne lui restait qu'une chose, c'était bien celle-ci : ne pas salir la beauté de ce qui l'avait fait commencer à peindre — cet élan-là, le laisser intact. Éloigner ses mains de la toile en silence. Laisser le musée derrière lui avec la clé sur la porte.

Vlad, à l'inverse, avait continué à peindre en dilettante. Myriam l'avait dit à Emma en confidence, car Vladimir n'en avait pas parlé à Romain. Les murs de leur chambre d'amis, pendant un an environ, s'étaient progressivement vus rognés par ses petits tableaux carrés et bichromatiques, toujours au même format, accrochés les uns après les autres dans un ordre maniaque dont la logique, s'il y en avait une, échappait à tout le monde. Puis Vlad avait fini par lâcher, lui aussi, sans doute un samedi midi, quand il avait dû choisir entre un pinceau plein de peinture et une volaille à aller récupérer chez le boucher.

Emma est heureuse d'avoir accroché la photographie de Romain sur leur mur. Sinon, tout aurait pu avoir eu lieu dans leur tête, sans que nulle trace n'en subsiste, comme s'ils avaient rêvé à deux son passé artistique. Un passé qui, en ne se fiant qu'à leur quotidien, aurait été difficile à deviner, car Romain n'appréciait pas particulièrement les expos, qu'il considérait comme un moyen petit-bourgeois de se donner une bonne conscience culturelle, et auxquelles il ne se rendait qu'en nocturne ou, quand c'était possible, en visite privée, pour ne pas être « pollué » par les gens. Emma adore ce snobisme chez lui. Elle n'a pas de problème à l'admettre.

Alors qu'elle réalise des va-et-vient dans le hall, sous le logo jaune et bleu de L'Entreprise, ses bottines glissant sur un sol dont émane encore l'odeur du détergent passé à six heures du matin, Emma se dit que Romain ne se battrait pas pour leur couple — du moins pas autant qu'elle, ou plutôt son orgueil, ne l'aurait désiré. Les gens la déçoivent par la brièveté de leurs combats et par le soulagement qu'ils éprouvent après leurs propres capitulations. Emma, romancière, a déjà vécu cette déception face à l'autre — que cet autre prenne la forme d'une amie avec laquelle elle se trouvait en bisbille, de son amoureux du lycée, ou de Romain lui-même, à la faveur d'une dispute fracassante où elle avait menacé de partir. L'autre, à chaque fois, avait préféré le renoncement au combat, même quand il s'agissait de tout perdre, Emma comprise. Le temps ensuite s'était chargé d'arrondir les angles : on finit, en sourdine, par se réconcilier, et quand on se retrouve, le plus souvent c'est par la force des choses, par cette inertie qui dans l'existence vient à bout de presque tout.

Mais l'assaut des barricades, les vraies mises en danger, les voyages à l'autre bout du monde pour racheter une faute, Emma l'a remarqué, personne ne les accomplit. Par paresse? Par peur? Elle n'en sait rien. Elle ne sait pas non plus s'il est courageux ou puéril de prétendre à un tel absolu.

Depuis vingt minutes, les trois standardistes de l'accueil prononcent les mêmes phrases en répondant au téléphone, tel un monstre tricéphale dont les voix se chevaucheraient : *Bonjour, bienvenue à L'Entreprise, merci d'avoir patienté, comment puis-je vous aider?*, mais elles n'échangent guère de regard complice lorsque cela arrive, si habituées qu'elles sont à cette synchronisation fortuite, qui ne prête plus à sourire quand elle se répète vingt fois par jour.

L'odeur de détergent ne quitte pas ses narines. Le hall est envahi par un soleil qu'on ne voit pas derrière les vitres teintées. Dans leurs pots, les plantes artificielles alignées en hauteur poursuivent leurs vains efforts de photosynthèse. Romain renoncerait à Emma et reprendrait sa vie. Elle s'en veut d'attendre les grands gestes, comme au théâtre ou comme le ferait l'héroïne de ce roman qu'on ne nomme plus, auquel on pense tout de suite quand Emma se présente. Elle s'en veut de discerner en elle-même la caricature. Après tout, si les gens ne vont pas au front, ce n'est peut-être pas par manque de courage mais parce qu'ils sont dans la vie. Davantage qu'elle ne l'est.

Avec patience, elle continue d'attendre son mari en restant en mouvement, sans céder à l'appel des grands fauteuils en cuir qui, disposés en arc de cercle à côté de l'ascenseur, lui tendent les bras. On ne prend pas ses aises chez l'adversaire.

Le *dong* de l'ascenseur retentit, et Emma aperçoit alors Romain sortir des portes automatiques de l'appareil, son corps libéré d'un seul coup par une machine qui vient de le transporter verticalement sur une quinzaine d'étages. Pourquoi a-t-elle brusquement la sensation qu'un rescapé s'avance vers elle ? Et pourquoi lui attrape-t-elle le poignet avec une telle urgence, pour l'entraîner à sa suite dans la porte tambour — dehors, vite, dehors —, en se collant à lui dans un sas normalement conçu pour une seule personne ? Romain doit s'imaginer qu'elle a hâte de se retrouver en tête à tête avec lui.

En réalité, alors qu'ils s'éloignent du bâtiment de

trente étages, dont elle sent la présence sourde derrière eux sans avoir à lever la tête, Emma voudrait sauter avec lui dans une voiture, comme après un braquage, et s'enfuir à deux cents à l'heure. Les buildings de La Défense auraient rétréci dans le rétroviseur, avant de disparaître tout à fait.

Peut-être, malgré tout, y a-t-il eu entre eux transmission de pensée, puisque c'est peu ou prou ce que Romain, en des termes certes moins romanesques, propose à Emma dans la cantine *healthy* où ils viennent de prendre place quelques mètres plus loin : pourquoi ne pas partir en week-end ? Tous les deux ou avec Roxane, peu importe, mais il sent qu'ils ont besoin de *se retrouver*. Emma tique un peu en entendant cette expression — l'idée que Romain lit peut-être ses magazines féminins aux toilettes lui traverse l'esprit : va-t-il aussi lui dire qu'il leur faudrait ensemble *rallumer le désir* ? *Communiquer* mieux pour rétablir entre eux un *dialogue apaisé* ? Elle acquiesce néanmoins : oui, un week-end, pourquoi pas, mais elle pensait qu'il avait trop de travail en ce moment. Bien sûr, mais il pourra s'arranger, il le promet.

Le déjeuner se poursuit en paix, Romain ne pouvant toutefois s'empêcher, par réflexe, de consulter son téléphone toutes les deux minutes, que l'appareil s'allume ou non, pendant qu'Emma déguste pensivement sa mousse au chocolat à deux cent soixante-trois calories, dont le fabricant a serti le sommet d'un grain de sel pour en exacerber la saveur.

Ses yeux s'arrêtent sur le logo de L'Entreprise, au

loin, qui se découpe derrière les cheveux de Romain, juste au-dessus de l'épi qu'il n'arrive pas à discipliner.

Sous ce logo s'alignent des lettres qui forment un mot, que par réflexe elle essaie de décrypter, de comprendre, avant de se rappeler qu'il n'y a rien derrière ce mot, que celui-ci n'est pas un signe. Ne s'y trouve nul message ni sens, le nom de L'Entreprise étant le nom d'une boîte, et rien d'autre.

H.

L'espoir tout à coup renaît en Emma. La perspective du week-end à passer ensemble, sans ordinateur ni téléphone, ainsi que Romain le lui a promis, suffit à faire battre ses peurs en retraite. Elle occulte volontairement, avec un déni dont elle est la première étonnée, toutes leurs conversations passées, y compris la plus récente, la plus grave, celle où Romain avait raconté son dîner d'amitié avec des *éléments de langage*. Elle n'avait pas osé évoquer cette conversation-là avec Myriam, ne se rappelant que trop bien l'incompréhension de son amie devant le « belle nuit » qui l'avait tant effrayée, qui était sorti cette nuit-là de la bouche de Romain comme une couleuvre venue se glisser entre leurs draps — un reptile froid auquel elle songe toujours de temps en temps, mais dont le souvenir à présent s'estompe.

Leur vie commune s'organise insensiblement autour de ce week-end à venir, comme si, à défaut d'être réellement ensemble au jour le jour, ils avaient trouvé dans cette projection un lieu où se rejoindre.

Emma se rassure en se disant que les couples qui

« marchent » ne font en réalité que cela, se retrouver dans la promesse d'un futur incessamment reporté. Ainsi Romain et elle passent beaucoup de temps à rêver ce séjour et à l'organiser.

Il prévient ses collègues qu'il sera complètement *off* pendant les deux jours en question.

« Complètement-complètement ? » avait balbutié, non sans angoisse, la voix de son assistant à l'autre bout du fil. Et Romain de répondre avec courage : *complètement-complètement*, oui, il ne fallait pas compter sur lui ces deux jours-là. La France et la Corée ne s'effondreraient pas en un week-end.

Emma avait senti chez Romain, à ce moment-là, des vibrations de fierté, pareilles à celles d'un jeune homme sorti vainqueur de sa première bagarre. Elle l'avait tout de même un peu jugé, elle doit l'admettre : il ne fallait pas exagérer, un week-end sans travailler ne faisait pas non plus de lui un Che Guevara. Elle avait d'ailleurs tenté une plaisanterie de cet ordre, à laquelle Romain avait répliqué sans ciller que L'Entreprise et lui avaient des *valeurs communes*, dont la fiabilité faisait partie, et qu'il était difficile et risqué pour lui d'y contrevenir. Le rire d'Emma était resté bloqué dans sa gorge.

Les journées se succèdent pour les rapprocher de la date qu'ils ont choisie ensemble. Alors qu'ils réfléchissent à leur destination, Emma se rend compte qu'ils évitent soigneusement de se fixer, par peur de rompre l'enchantement fragile qui a l'air d'être revenu entre eux. Pendant deux semaines, ils vivent dans le rêve de ces deux jours. Où aller ? En Europe ou en France ? Que feront-ils ? Où dîneront-ils ? Quels vêtements emporter, quels sacs remplir ? Roxane pourra aller dormir chez les parents de Romain, de cela tout de même ils se sont assurés.

Leur préférence finit par se porter sur Aix-en-Provence : trois heures de TGV depuis Paris, avec la location d'une voiture sur place. La Provence, en hiver, n'en sera que plus dépaysante, se dit Emma, qui visualise aussitôt la Sainte-Victoire prise dans le glacis d'une toile impressionniste. Elle est déjà allée en Provence mais jamais à Aix, et imagine les places avec les fontaines, désertées par les touristes, et les cafés aux tables en bois verni, où Romain Gary, alors étudiant en droit, avait noirci des pages de son écriture ciselée, jetant des mots sur le papier comme il aurait taillé à la serpe une matière invisible et dense, pour un roman de jeunesse qui ne trouverait pas d'éditeur. Des mots libérés quand même.

Emma consacre une journée à acheter une nouvelle robe et des sous-vêtements noirs. Elle se dit que tout achat s'accomplit dans la perspective d'une situation future, imaginaire, qui par définition ne sera jamais fidèle à l'idée qu'on s'en fait. Pourquoi alors persiste-t-on toute sa vie à se projeter ? Elle essaie le soutien-gorge balconnet dans le miroir en pied de sa chambre, cent grammes de lingerie française dont une étiquette, qu'on coupera avec de fins ciseaux, précise qu'ils ont été cousus main.

Dans sa chambre, en fin d'après-midi, Emma regarde son corps à moitié nu, avec le lit flou derrière elle, et le trouve encore désirable, sincèrement, tout en y cherchant par réflexe les signes précurseurs d'une déroute, ainsi que les publicités, les mots, les chansons et les images parmi lesquels elle se meut chaque jour lui ont appris à le faire.

La grossesse avait eu sur elle l'effet d'une bombe. Elle ne reconnaissait plus sa peau, ses seins, son ventre, son sexe, tout avait changé après le passage de Roxane. Sa fille avait traversé son corps comme une armée un pays, en y retournant systématiquement le moindre lopin de terre. En distendant sa chair, elle l'avait aussi rendue plus humaine. Pour un temps, son corps n'était plus un objet de désir ni d'appréhension, il n'était plus ce beau bijou lisse et mat, entretenu depuis l'adolescence, mais simplement de la chair, un territoire vulnérable, sensible à la moindre émotion, aux changements de climat et aux nuits sans sommeil, qui se répercutaient les jours suivants dans des signes visibles. L'enfant avait fait tomber Emma d'un piédestal pour la ramener à un corps plus immédiat. Aujourd'hui, elle ne sait toujours pas s'il faut s'en réjouir ou s'en désoler. Les mois qui avaient suivi l'accouchement, sans se poser de questions elle avait appliqué des crèmes, des huiles anti-vergetures, des masques en tout genre, elle s'était fait masser, avait repris le sport, autant d'activités qui lui avaient donné la vague impression de recoller à la glu les morceaux d'une statue.

Elle se trouve un cheveu blanc, au milieu du crâne — forcément, à l'endroit le plus visible —, et se retient de l'arracher, en se rappelant une phrase prémonitoire — où l'avait-elle entendue, celle-là ? Dans la bouche de quelle femme ? — qui affirmait que pour chaque cheveu blanc arraché, dix repoussaient au même endroit. Elle se demande à quel âge elle devra trancher entre se teindre les cheveux ou les laisser tels quels, en acceptant le voile de neige progressif sur ses tempes et son front. En se posant cette question, elle a l'impression de devoir choisir entre son féminisme et sa volonté, toujours aiguë, de séduire. Elle tente de conceptualiser cette dernière, de n'y voir que le résultat d'un conditionnement séculaire, mais Emma, malgré cela, ne parvient pas à s'arracher des viscères cette nécessité absolue de plaire — surtout aux hommes, évidemment, et évidemment à d'autres qu'à Romain, il serait ridicule de prétendre le contraire. Mais, comme elle le conclut après chacun de ces examens — de plus en plus longs — devant le miroir, elle n'en est pas encore à se teindre les cheveux. Elle remercie vaguement Dieu, s'il existe, pour ce sursis, et s'écarte de son reflet.

Romain lui aussi a fait des achats, et Emma, en le voyant rentrer un soir, est surprise de remarquer que les sacs qu'il dépose avec soin sur le parquet ne sont pas aux couleurs des habituelles enseignes de vêtements et de chaussures, mais proviennent d'un magasin de loisirs créatifs. Elle tombe des nues. Il s'en aperçoit : un sourire de premier de la classe s'invite sur son visage alors qu'il dispose sur le parquet pots de peinture et pinceaux, avant d'appuyer avec délicatesse une grande toile vierge contre le mur.

À ses pieds, le bleu, le jaune, le vert et le noir forment maintenant une ligne droite qui a l'air de baliser un parcours vers la salle de bains. « Je reprends la peinture, c'est décidé ! »

En fait, il en a toujours eu envie, malgré ses réticences. Emma apprend cela avec étonnement : le radicalisme de

Romain après les Beaux-Arts, ce parti pris de faire les choses « bien » ou alors pas du tout, ne cachait-il qu'une *flemme* ?

Elle reste muette, comme si elle attendait la suite d'un numéro de passe-passe.

Elle a raison, ce n'est pas terminé. Romain a encore des choses à dire. Il poursuit : ces derniers jours, vient-il confier à sa femme en refermant ses bras autour de sa taille, il y a quelque chose entre elle et lui, un nouvel élan, qui le pousse à reprendre ses pinceaux. Peut-être associe-t-il l'amour à la peinture. Qui sait.

Elle se félicite d'être restée sur la réserve. Dans ses propos, elle entrevoit soudain une issue de secours. Il faut le pousser dans cette direction, et même l'y porter à bout de bras si nécessaire.

« Et tu veux peindre quoi ? Tu as une idée ? » lui demande-t-elle avec légèreté. Il répond que non, il n'en sait rien encore, il ne veut pas prévoir, ça viendra comme ça viendra. Et aussi, ajoute-t-il d'un air grave en s'écartant un peu d'elle, il ne faut pas qu'Emma voie le travail en cours, surtout pas, ce serait comme voir une mariée avec sa robe avant la cérémonie, ça porte la poisse, tu comprends ?

Sans s'arrêter, ainsi qu'Emma s'y attendait, sur la désuétude un peu risible de cette dernière référence, Romain ne se départit pas de son sérieux et poursuit : je ne plaisante pas Emma, tu n'entres pas dans mon bureau tant que je n'aurai pas terminé, c'est promis ? Suspendu à ses lèvres, il attend maintenant une réponse. Il est comme un enfant qui exige un serment formel, et qui de ce fait donne une importance réelle aux mots de l'autre, des mots dont la trahison mettrait fin à une amitié.

Emma aime que Romain lui demande de promettre. Elle ne voit pas d'immaturité là-dedans mais une foi pure, celle qui accorde autant d'importance à ce qu'on dit qu'à ce qu'on fait. Qui, aujourd'hui, l'a encore ? À quel moment a-t-on cessé de donner sa parole pour se mettre à signer des contrats ?

Elle a enfin l'impression de le retrouver un peu. Elle repense au parquet de la rue Mazarine. Aux livres qu'ils achetaient ensemble sur l'île de la Cité. Elle promet. Elle est heureuse de le faire. Ils se prennent dans les bras. Elle ferme les yeux et promet à nouveau, à elle-même cette fois, de ne pas ouvrir la porte du bureau.

Ils finissent par réserver un hôtel de charme, près du centre-ville d'Aix-en-Provence, dans une rue calme, à quelques minutes à pied d'une petite fontaine.

Romain passe une heure sur Google Maps à en étudier les environs, et fait signe à Emma de le rejoindre devant l'écran, glissant le curseur sur les rues pour y télescoper le petit bonhomme jaune, et par son entremise se mouvoir en 3D dans les quartiers résidentiels de la ville. Emma s'amuse de cette fantaisie, on dirait qu'il fait ses devoirs en préparant aussi scrupuleusement le séjour : ne préfère-t-il pas attendre d'être sur place pour découvrir cette ville qu'ils ne connaissent pas ?

En la regardant avec affection, Romain lui répond qu'il veut que leur week-end ensemble soit *parfait*.

En entendant ce mot, et malgré le ton chaleureux de Romain, à nouveau le doute la gagne, une impression de mort monte en elle, ou du moins ce qu'on appelle un *mauvais pressentiment.* Voilà qu'il recommence. Elle se rappelle avoir lu le matin même le mot *parfait* sur le site d'une marque de vêtements.

Romain pendant ce temps choisit des restaurants. Il consulte aussi le site de l'Hôtel de Caumont, un musée construit au 18e siècle qui propose deux fois par an une belle exposition. Cet hiver, ils iront voir Sisley, c'est parfait. Peut-être iront-ils ensuite visiter l'atelier de Cézanne ? Suivi d'un verre sur la place des Cardeurs, ou bien près du palais de justice — sur ce blog-là, ils disent que c'est plus calme ?

Il semble avoir oublié ses griefs envers les expositions. Que reste-t-il de celui qui ne consentait à s'y rendre qu'en nocturne ou en visite privée ? Il était insupportable, certes, prétentieux, peut-être, trop radical et borné, sans doute, mais à travers ces défauts-là elle le voyait vraiment. Ils avaient le mérite de mettre au jour le caractère d'un homme identifiable. Unique. Emma, qui se réjouissait une heure plus tôt que Romain se décide à reprendre la peinture, se remet à douter. Elle se demande quelle sera la prochaine étape. Au musée, après la visite, voudra-t-il passer à la boutique pour acheter des cartes postales ? Des porte-clés ? Un kit de peinture par numéros ?

Elle se raisonne et tente de voir, dans les préparatifs obsessionnels de son mari, au mieux une volonté de lui plaire et de rattraper les soirées passées sans elle, au pire cette sorte d'anxiété qui ne trouve d'apaisement que dans les *to do lists* et les précommandes. Elle se rassure tant bien que mal.

Le jour du départ arrive. Romain l'embrasse sur le front et se lève en premier. Emma ferme les yeux et imagine, au-dessus de sa tête, les poutres de la rue Mazarine. Elle voudrait voyager dans le temps par des gestes. Romain s'est levé avant elle. Devinera-t-il qu'elle a envie de se projeter dans ses souvenirs avec lui ? Entendra-t-elle dans quelques secondes les sons du passé ?

Elle tend l'oreille, mais c'est un bruit de douche qui lui parvient. Romain s'acquitte de sa routine quotidienne en la laissant flotter seule dans la réminiscence de leurs matinées d'étudiants. Emma, par une ultime déférence, baisse la tête en sortant du lit pour ne pas se cogner au toit mansardé, qui s'efface pour de bon quand son pied nu touche le sol.

Elle met la table du petit déjeuner, jetant un coup d'œil à leurs valises verticales qui les attendent près de la porte d'entrée. L'avenir est en train de devenir du présent. En réalité, ils ont tout fait pour que ce week-end n'arrive pas.

Elle entre par réflexe dans la chambre de Roxane. Son petit lit à barreaux est vide. Hier, ils ont laissé leur fille chez les parents de Romain.

Le lit vide lui donne froid dans le dos, comme si sa fille était morte ou qu'on l'avait enlevée pendant la nuit. Elle sort de la chambre de Roxane en passant la main sur le papier peint à motifs dont ils ont couvert le mur avant sa naissance — au temps où Emma ne pouvait plus s'asseoir sans rouler comme une balle, dans des moments sans grâce et sans inhibitions qui trouvaient leur ponctuation finale dans les baisers effrénés de Romain partout sur son visage.

Emma dans la salle de bains enfile des bijoux sans savoir pourquoi. Quelle fiction cherche-t-elle à créer, avec ces fils d'or à son poignet et autour de son cou, ces petites perles qui s'agitent au bout de ses oreilles chaque fois qu'elle tourne la tête ? Parfois, d'ailleurs, elle fait ce mouvement dans ce seul but, celui de sentir le tressaillement de ses boucles d'oreilles, et aussi la vague souple et fluide de ses cheveux venant balayer ses omoplates. Les autres femmes font cela aussi. Emma sait que, par ces gestes, elles aussi veulent s'assurer que les attributs qu'elles s'attachent sont solidaires de leur corps, et surtout elles aiment avoir la certitude que les autres y sont sensibles et les voient comme des énigmes. Romain, pour sa part, y est devenu aveugle tant il s'y est habitué : ces signes-là pour lui se sont tout à fait vidés.

Peut-être Emma espère-t-elle qu'un inconnu, dans le train, remarquera son bracelet en or fin glisser doucement le long de son poignet, arrêté dans sa course par ses métacarpes, et que l'inconnu en question y verra l'expression d'un mystère féminin auquel elle-même n'a pas accès.

Romain devant la table consulte son portable. Il est penché sur l'écran, un expresso posé devant lui, et émiette distraitement une madeleine. Il est sept heures maintenant, mais le jour, en ce matin de décembre, se fera encore attendre une heure. Dans vingt minutes il leur faudra descendre, le taxi les attendra, avec un peu d'avance car ils l'ont réservé hier sur l'application.

Emma constate que le matériel de peinture a disparu du salon. Romain l'a rangé dans son bureau, l'informe-t-il, et s'y remettra dès qu'ils rentreront de week-end. Pourquoi « s'y remettra », se demande Emma, il n'a même pas commencé. Lorsqu'elle l'interroge sur le temps qui lui manquera pour peindre, avec tout le travail qu'il a en ce moment, il répond que ça lui fera une bonne soupape de décompression, justement.

Ils descendent l'escalier, la porte claque derrière eux, Emma la ferme à clé. Romain porte une valise dans chaque main, Emma s'étant dit qu'une insistance féministe à sept heures du matin aurait fait plus de mal que de bien à la cause — et puis, sans savoir pourquoi, elle aime à lui ouvrir les portes. Avoir le trousseau de clés en main.

Elle songe à ce que Romain vient de dire sur sa peinture, et se demande pourquoi quelque chose la tracasse encore. Une fois dans la rue, alors que le voyant rouge du taxi arrive vers eux, elle se dit que Romain, en parlant de sa peinture comme d'une soupape, a déjà trouvé une fonction pour son art.

Le trajet se fait en silence, si l'on exclut la radio que le chauffeur a laissée en sourdine. Une émission vient de s'achever, suivie d'une page de pub.

Romain à ses côtés depuis longtemps se tait. C'est néanmoins un silence qui les rapproche, un cocon dans l'habitacle. Elle a toujours aimé se trouver à l'arrière d'un taxi avec quelqu'un, la promesse d'intimité qu'un tel rapprochement implique, ce secret vague qu'on se retrouve soudain à partager et qu'on tait d'un commun accord.

Elle tourne la tête pour regarder Paris : immeubles haussmanniens, cafés branchés, encore fermés à cette heure, kiosques à journaux, cinémas, bancs publics, kebabs, églises rénovées, tous uniformisés par le son de la radio, qui diffuse au même volume des annonces pour une compagnie d'assurances, un nouveau film, une gamme de yaourts, et les promotions de Noël d'une grande enseigne.

Le taxi les dépose à la gare de Lyon. Dans dix secondes, Emma aura complètement oublié le visage de leur chauffeur, et se reproche d'accepter que sa mémoire puisse classer les gens selon leur utilité dans sa vie.

Dans le train, Romain l'embrasse distraitement et lui passe la main sur la nuque, à la naissance des cheveux. Quand il le fait, elle a l'impression déplaisante d'être un épagneul dont il flatterait les oreilles. Elle tente néanmoins de voir de l'amour dans cette démonstration de tendresse domestique, et se retient d'esquiver la main de Romain quand celle-ci touche son crâne. Ce dernier n'a rien remarqué de sa réticence et tente de se connecter au wifi du train, qui, comme toujours, réclame un mot de passe impossible.

Emma examine leur entourage. Un enfant en déroute s'est mis à gémir. Sa mère accourt, qui semble porter sur le visage les traces de tous ses autres cris.

Aucun œil masculin pour accrocher le sien, nul inconnu qui serait là, de l'autre côté du couloir, pour promener rêveusement son regard sur le bracelet en or qui glisse en ce moment même sur le poignet d'Emma. Le film ne joue que pour elle, personne d'autre n'est entré dans la salle. Elle qui s'est toujours enorgueillie de la délicatesse de ses articulations n'a pas l'occasion de se prêter au jeu de séduction inoffensif qu'elle imaginait depuis des jours. Elle se reproche ses lubies de femme au foyer, narcissiques mais surtout cruellement prévisibles après plus de dix ans de monogamie. L'enfant, pendant ce temps, continue de hurler. Son père, trois mètres plus loin, lit *Challenges*, sans doute déjà à la recherche d'une grande école pour sa descendance.

Romain a posé sa main sur celle d'Emma avec l'assurance d'un propriétaire terrien. Glissé verticalement dans le porte-revues du siège devant elle, se trouve un magazine où une femme aux cheveux lisses la regarde d'un air de défi, avec à côté d'elle l'annonce en caractères gras de vingt recettes faciles pour occuper le moins d'espace possible.

Leur chambre d'hôtel donne sur le parking. Avec un peu de difficulté, ils parviennent à en changer, moyennant supplément car l'établissement est presque complet. Avec le délice qui caractérise les petites folies, ils investissent une suite junior. Romain téléphone à la réception pour s'enquérir du mot de passe du wifi, jurant ses grands dieux à Emma qu'il veut juste consulter une dernière fois ses mails, pour s'en « débarrasser », puis, c'est promis, ils iront se perdre dans la ville. Romain va même plus loin : il ne prendra pas son portable avec lui, et Emma non plus. Ils seront *déconnectés*, et peut-être ce choix se rapprochera-t-il le plus de la liberté.

Il parcourt du doigt l'écran de son téléphone, assis sur le lit, dos à elle, sa valise encore fermée à ses pieds. Elle voit les veines de son cou, la naissance de ses cheveux, un peu trop rasés par la tondeuse du coiffeur, et aussi ce grain de beauté, qu'elle avait oublié parce que les chemises de Romain, d'habitude, montent plus haut et le camouflent. Aujourd'hui, il porte un t-shirt dont l'échancrure le laisse apparaître, un peu en relief, à mi-chemin entre son épaule et le début de son cou, une halte autrefois bien connue des lèvres d'Emma quand elle les posait sur le bras de Romain pour remonter jusqu'à ses tempes.

Elle défait son sac et lisse un peu la robe qu'elle a prévue pour le dîner — la nouvelle, qu'elle a achetée dans cette seule perspective. D'ailleurs il faudra trouver le bon décor pour cette robe, choisir un restaurant qui ne la décevra pas, et un instant elle joue avec l'idée de choisir les lieux en fonction des vêtements, et non l'inverse. Quel arrière-plan serait le plus susceptible de mettre en valeur le rouge grenat de cette robe en soie ? Elle se fait soudain l'effet d'une duchesse du 18e siècle, dont les caprices frivoles la condamneraient à mort face à la Révolution qui gronde.

La tête contre la baie vitrée, déjà en manteau, elle se trouve à présent face à Romain, dont les doigts sur l'écran tactile réalisent une chorégraphie véloce et presque gracieuse. Ses pupilles bougent très légèrement de gauche à droite tandis qu'il lit quelque chose, sans doute un e-mail ou un SMS. Son être entier a l'air en tension, comme tiré en avant par un bras invisible. Prenait-il la même expression, petit garçon, lorsqu'il jouait à ses jeux vidéo, avant que sa mère ne vienne le traîner à table ? Les bras croisés, Emma l'attend sans doute dans la même posture. À son insu, Romain l'a introduite dans un stéréotype féminin, celui de la femme qui prend son mal en patience. Ne manquerait plus qu'un soupir chargé de reproches. Emma se fait la réflexion qu'elle préférerait ouvrir la porte vitrée et se jeter depuis le balcon plutôt que de demander *tu viens ?*

Fort heureusement, elle n'a pas à le faire. Depuis l'enfance, Romain a compris certaines choses et n'a plus besoin de relances exaspérées pour se résoudre, devant une femme qui l'attend, à l'expiration de son temps d'écran. Il lève des yeux rieurs vers elle, sourit, puis de lui-même branche son téléphone et l'abandonne sur la table de nuit. On va faire un tour ?

I.

Main dans la main, ils quittent l'hôtel. Une sensation étrange s'empare d'Emma alors qu'ils font leurs premiers pas : ni l'un ni l'autre n'a pris avec lui la moindre technologie. Elle-même se sent nue sans le renflement familier du petit objet dans son sac à main.

Pour trouver le musée puis le restaurant, ils se repéreront sur les plans de la ville, « ou à l'instinct ! » suggère même Romain. Prononcés par lui, ces mots ont un caractère surréaliste. Au sujet du restaurant, s'était-il écrié, qu'ils ne se sentent pas obligés de dîner à l'endroit prévu, ils pourraient tout aussi bien « improviser ». Emma ne sait pas s'il faut croire à ces saillies spontanées, ou si Romain, soucieux de réussir le séjour, s'efforce simplement de la surprendre.

C'est au bout de trente minutes que le manque commence à se faire sentir. Elle perçoit une nervosité chez lui, un tiraillement, il s'agrippe à sa main comme pour se retenir de tomber dans le vide.

« Qu'est-ce que tu as ? Ça ne va pas ? »

Il a beau protester que si, ça va, ça va même très bien,

elle voit bien que l'anxiété monte, qu'il a du mal à se concentrer, à écouter ce qu'elle lui dit. À quoi pense-t-il ? A-t-il réellement mauvaise conscience à cause du travail, ou bien, comme tous les *addicts*, est-ce en réalité la gestuelle qui lui manque, la gymnastique de ses doigts sur une surface plane de treize centimètres sur sept ? Ceux-ci se sont d'ailleurs mis à tapoter sur les phalanges d'Emma comme ils le feraient avec un clavier.

Elle l'interroge à nouveau, mais il persiste à lui faire la même réponse : tout va bien, il ne voit pas de quoi elle s'inquiète. En même temps qu'il parle, ses doigts le contredisent. Elle dégage finalement sa main pour payer leurs billets d'entrée.

Toute l'expo est *sublime*, c'est Romain qui l'affirme, mais il se déclare toutefois déçu qu'il ne reste plus d'audioguides. Elle pense d'abord qu'il plaisante.

« Pourquoi en aurais-tu besoin ? »

Peut-être est-ce par tardif acquit de conscience, celui de l'ancien élève des Beaux-Arts qui voudrait connaître l'histoire de chaque toile, tandis qu'Emma, païenne, se satisfait de l'œuvre achevée...

Non, ce n'est pas tout à fait ça, lui répond-il, c'est juste que sans l'audioguide il a l'impression de passer à côté de quelque chose. Il voudrait *maximiser* cette exposition, il n'aime pas faire les choses à moitié, tu comprends ? Il *profite mieux* avec l'audioguide.

Elle ne sait pas quoi dire. Se souvient-il de son refus catégorique d'aller voir les expos à Paris, de son mépris envers ceux qui consomment l'art pour pouvoir s'en vanter plus tard à leur entourage, ne se rappelle-t-il pas qu'il trouvait tout cela *petit-bourgeois* et même *dangereux*? Cette façon d'aller voir de l'art comme on irait prendre un brunch constituait, selon Romain, une menace en elle-même. Il préférait s'abstenir, et pensait aussi qu'il valait mieux peindre dans sa tête plutôt que de donner des coups de pinceau le dimanche pour se donner la bonne conscience de ne pas avoir complètement abandonné — et bien sûr, en l'écoutant, Emma songeait à Vladimir.

Aujourd'hui, alors qu'ils font sagement la queue pour entrer dans la première salle, lisant pour passer le temps la frise chronologique qui réduit la vie de l'artiste à une série de dates, Emma hésite à répéter à Romain ses propres mots, ceux-là mêmes qu'il avait prononcés au fil des ans sans avoir l'air de perdre en conviction. Emma avait trouvé en eux une consolation quand Romain avait intégré son école de commerce puis s'était mis à travailler en entreprise, semblant par là, en apparence, trahir tout ce qu'il avait été. Au moins, s'était-elle dit, ce côté-là de lui est resté verrouillé comme un coffre-fort. Son snobisme garantissait aussi son intégrité. Elle savait qu'à l'intérieur, juste à côté de ces principes-là, il y avait son amour pour elle. Ensemble, ils s'étaient moqués du monde de l'entreprise et de ses codes. Romain jouait le jeu mais n'en avait jamais été dupe, même si ses salaires leur avaient apporté à tous les deux un soulagement immense.

Côte à côte, faute d'avoir mis la main sur un audioguide, ils regardent une toile en silence. Autour d'eux, d'autres visiteurs se sont arrêtés et portent à l'oreille le fameux appareil, qui diffuse les vibrations lointaines et monocordes d'une voix féminine dont Emma n'arrive pas à saisir le discours. Elle se rappelle qu'en tapant « Sisley » sur Google la première page de résultats avait affiché les produits d'une marque de cosmétiques.

La toile devant eux s'intitule *Printemps, paysanne sous les arbres en fleurs*, et en effet un arbre aux fleurs blanches comme du coton en occupe tout le côté gauche. C'est aussi l'œuvre que les organisateurs ont choisie pour illustrer l'exposition, ce qui explique peut-être pourquoi davantage de gens gravitent autour d'elle.

Romain regrette à voix haute de ne pas pouvoir photographier cette toile mémorable. Il aurait aimé, une fois rentré à Paris, se rappeler avec exactitude cet instant et la beauté de cette œuvre incontournable de l'artiste. Mais ces fleurs d'une blancheur cotonneuse, leur beauté vivace par un jour de printemps, Emma sait que tout cela se serait perdu en chemin, quelque part entre la peinture et les pixels, et ce malgré les progrès immenses d'une tech toujours plus précise, et en dépit du soin que Romain aurait mis à prendre la photo. Emma se demande si elle peut encore partager ce genre de certitude avec lui. Il y a quelques années, ils n'auraient même pas eu besoin d'en parler. La question, de toute façon, ne se pose pas, et Emma n'a pas envie d'ouvrir entre eux un débat d'idées. Arrivés ici sans téléphone portable, appareil photo ou caméra, ils ne pourront garder de cette expo qu'un souvenir mental — à moins d'en acheter le catalogue à la boutique dans laquelle ils seront aiguillés sur leur trajet de sortie. Romain, heureusement, s'empresse de quitter le musée pour retrouver l'air libre.

Il est dix-huit heures à présent. La nuit est tombée. Ils s'attardent dans les petites rues calmes avant de rejoindre le cours Mirabeau, l'artère principale de la ville, qu'ils devront remonter pour trouver un restaurant. Emma se dit que Romain n'a toujours pas vu sa robe rouge — elle a été contrainte de garder son manteau pour la visite, et maintenant qu'ils sont dehors, il fait trop froid, elle l'a boutonné jusqu'en haut. En sentant la soie caresser son corps, elle a l'impression de lui dissimuler un secret.

Elle aime marcher sans but et sentir tout autour les immeubles ocre et jaunes, sur les façades desquels, parfois, une plaque noire annonce en lettres d'or un cabinet médical. Emma, sans raison, laisse son regard s'attarder sur les plaques des médecins, dont les noms et spécialités se détachent sur le fond sombre des enseignes. Elle se surprend à essayer par réflexe d'en mémoriser les numéros de téléphone.

La ville, qu'elle découvre, lui semble différente des autres de la région, comme si on l'avait *nettoyée*, en nivelant ses aspérités pour la faire correspondre à un idéal fixé d'avance. De l'extérieur, on ne comprendrait sans doute pas ce qu'Emma veut dire, et on la traiterait même de folle en l'entendant regretter les défauts d'une ville qu'elle voit pour la première fois.

Emma cependant ne peut s'empêcher de trouver que quelque chose cloche ici, tout est trop lisse, comme formaté pour elle, et n'arrive pas à se réjouir de trouver à Aix les mêmes boutiques de mode qu'à Paris, alignées en rang d'oignons dans des rues qui ne semblent avoir été aménagées que dans ce but. Ce confort à portée de main ne vaut pas l'infantilisation qu'il occasionne. Ce ne devrait pas être à la ville de s'adapter à elle.

Le lendemain, ils iront visiter les villages de Bonnieux, Lourmarin et Gordes. Même si Emma concédera aux ruelles pavées leur beauté, aux arbres dénudés leur majesté, et aux fontaines leur charme, secrètement elle en voudra à la Provence d'avoir permis à des millionnaires de poser des scellés sur ses pierres.

Le cours Mirabeau et son affluence l'attirent à nouveau dans la réalité. Ils se heurtent à une foule en quête d'apéritifs et de cartes postales. Romain lui a parlé, mais elle n'a pas entendu. L'ignore-t-elle depuis longtemps ? Cela fait dix minutes au moins qu'elle pense à autre chose, l'a-t-il seulement remarqué ou bien ne pose-t-il plus désormais que des questions rhétoriques ?

Sur une intuition commune, ils s'engouffrent sous l'auvent d'un restaurant, renouant dans le même temps avec une notion qu'ils avaient oubliée, celle d'une liberté transgressive et risquée qui les a dispensés de comparer cet établissement avec d'autres sur Google. Emma pense aux années 90, avant la popularisation d'internet, quand elle n'avait que dix ou onze ans, et se rend compte qu'elle vient de revivre une sensation de cette époque-là. Elle s'en trouve galvanisée. Voyager dans le temps serait aussi simple ?

Le dîner se passe correctement, et elle se reproche cet adverbe. Sommes-nous pareils à tous ces couples ? Et si c'était le cas, pourrions-nous vraiment nous en vouloir ? Romain dissèque la carte et finit par prendre la même chose qu'elle. Elle s'en étonne : d'habitude, il fait preuve d'une absurde confiance en lui-même au moment de passer commande, assurance qui se double d'une mauvaise foi — si flagrante qu'elle en devient attendrissante — quand le plat élu s'avère immangeable ou surgelé.

Dès l'entrée, il parle de son travail, comme pour compenser l'abandon de leurs téléphones, qui remonte maintenant à trois heures. Emma l'écoute, lui pose des questions qui témoignent de son intérêt, se rappelle qui sont Zoé, Jean-Luc, Nordine ou Audrey, dans quels services ils travaillent, ainsi que le sujet de leur dernier échange avec Romain.

Ce dernier, pris dans le flot de son discours, semble trouver tout cela normal. Dans ses propos, Emma compte involontairement les occurrences du nom de L'Entreprise, en se retenant de tracer, par la même occasion, un bâtonnet sur un coin de nappe à chaque fois que le mot revient. Elle aurait volontiers plaisanté et proposé à son époux un jeu d'étudiant : *on prend tous les deux un shot dès que tu dis le nom de ton employeur*, mais ce n'est pas le moment. L'heure a l'air grave. Romain lui confie qu'il est surmené — elle le sait, ne vit-elle pas avec lui ? —, il fait le boulot de trois personnes, il ne sait pas s'il va tenir le coup.

« Plus que deux mois et ce sera terminé, non ? tente Emma.

— Deux mois c'est très long. Tu n'as pas remarqué que je ne dormais plus ? »

Elle ne l'a pas remarqué parce qu'ils ne se croisent plus vraiment. Elle dort déjà quand il se couche, et il se lève avant elle.

« Si, bien sûr… Tu ne peux pas faire de sieste au travail ? »

Cette dernière question signe la fin de la conversation, comme si Emma avait fait exprès de demander à Romain quelque chose dont l'ineptie rendrait évidente son incompréhension de ce qui se joue pour lui en ce moment. Il éclate d'un rire acerbe. Des siestes ? A-t-elle seulement écouté ce qu'il vient de dire ? S'il ne dort pas chez lui, ce n'est pas pour dormir au travail. Il évoque ensuite la charte de L'Entreprise, laquelle attend de ses employés, et a fortiori des cadres, un *dévouement*, une *implication*, une *loyauté absolue*. En entendant ces termes, Emma a la vision furtive d'un drapeau qui flotte au vent sur des roulements de tambour. Néanmoins, elle s'excuse et rougit — le mur ne s'étant pas accordé à sa robe, c'est son visage qui s'en charge —, et Romain pose sa main sur la sienne avec tendresse… Ou condescendance ? Elle ne sait plus. En tout cas, arrêtons de parler boulot pour ne pas gâcher cette *belle soirée*. Elle a le tournis, tout à coup. Le vin rouge ? Romain a repris un air impassible. Il doit s'en vouloir de s'être confié à quelqu'un qui n'évolue dans aucune sphère proche de sa réalité. Et d'ailleurs il vient de demander :

« Et ton écriture ? Ça avance ? »

Ces deux questions, fameuses pour exaspérer ou embarrasser les auteurs, Romain sait qu'Emma les déteste, mais elle n'arrive pas à trouver de malice dans ses yeux : il semble sincèrement curieux de savoir où elle en est dans son travail. Elle voudrait lui répondre qu'elle n'en est nulle part, que les mots n'apparaissent pas plus sous ses doigts qu'ils ne sortent de la bouche de leur fille, elle voudrait se lever de son siège et s'asseoir sur ses genoux, comme avant, en passant les bras autour de son cou et en lui chuchotant à l'oreille quelque chose qui aurait été ridicule mais vrai.

« Oui ça avance, mais tu sais bien que je n'aime pas parler du travail en cours. »

La réponse a l'air de le satisfaire. Dans tous les cas il n'en demande pas plus et commande un dessert.

J.

Ils sont un peu ivres en rentrant à l'hôtel. La suite fait tout de même un certain effet. Ils laissent tomber leurs manteaux au pied du lit sans prendre la peine de les accrocher, et n'allument pas la lumière. La grande chambre reste dans la pénombre, seulement éclairée par un rayon de lune et par les réverbères, dont la lumière dorée passe en transparence par le rideau à demi tiré.

En entrant dans la pièce, Emma voit Romain jeter tout de suite un coup d'œil vers son téléphone, resté en charge sur la table de nuit. Elle se demande ce qui serait préférable : que Romain consulte son portable maintenant, pour en finir, ou au contraire qu'il le fasse plus tard, pour ne pas courir le risque d'être happé par le flux de messages et de mails qui a certainement saturé l'appareil pendant ces heures d'absence. S'il devait y replonger, elle ne réussirait plus à l'en extraire.

Mais Romain la surprend. Il s'abstient de faire les pas auxquels elle s'attendait.

Il ne met pas un pied devant l'autre pour atteindre la table de nuit et saisir le précieux objet aux bords incurvés, dont le noir carbone réfracte la lumière de la lune.

Aucun rayon bleu ne viendra éclairer les gestes qui vont suivre.

Romain rejoint Emma de l'autre côté du lit. Il la tire par le bras, doucement, de la façon qu'elle aime, ferme mais sans injonction.

Dans l'obscurité elle ne peut pas voir ses yeux, et dans ces conditions il lui retire sa robe, sans en chercher la fermeture, la trouvant tout de suite sur le côté droit pour la faire glisser avec une application fiévreuse, comme un enfant qui aurait peur de déchirer un beau papier cadeau. Elle se débarrasse de ses talons aussi silencieusement que possible, concentrée elle aussi, consciente sans savoir pourquoi qu'il se passe là quelque chose d'important. Ils ont pourtant fait l'amour tant de fois.

Romain reste quelques secondes dans le noir, à genoux devant elle, comme en prière, puis passe les mains sur la dentelle en relief des sous-vêtements d'Emma, noirs eux aussi, et le fait avec une telle précaution qu'elle a l'impression d'être une statue de musée, qu'il est proscrit de toucher mais qu'on effleure quand même, pour s'assurer qu'elle existe, qu'elle n'est pas une simple projection mentale. Ils s'allongent sur les draps blancs.

Romain entre-temps a enlevé ses vêtements — mais elle ne l'a pas vu faire, ne se rappelle pas cet instant de transition, et maintenant il a la tête entre ses cuisses et la lèche doucement, concentré encore et comme entré dans un autre monde, un monde dans lequel Emma et son sexe seraient déconnectés l'un de l'autre. Dans ces moments-là elle aime à le voir se perdre avant de se perdre avec lui.

Depuis qu'ils sont revenus dans la chambre, ils ne se sont pas regardés dans les yeux, et cela commence à la gêner. Elle voudrait, ne serait-ce qu'une seconde, accrocher son regard, vérifier quelque chose — qu'ils se comprennent, qu'ils vivent bien en même temps.

Il s'arrête à la frontière de sa zone de jouissance, comme souvent, et remonte jusqu'à elle. À présent le visage de Romain lui fait face, mais il a fermé les yeux. Il va et vient sur elle, et elle peut apercevoir sa chair par fragments dans la lumière de la lune, projecteur naturel qui éclaire par à-coups ce corps redevenant pour un temps celui qu'elle a connu. Sortant enfin de son rôle de voisin pour se remettre en face du sien, dans la position d'adversité des couples qui *fonctionnent.*

Elle sent que l'orgasme arrive, Romain sait quelle cadence adopter, exactement, il sait comment il faut la toucher en même temps avec ses doigts, il adapte son rythme à ce qu'elle veut, adroitement, il sait ce qu'elle aime, c'en est même surprenant, presque trop, le mot *parfait* vient à l'esprit, oui, c'est *parfait*... Romain ouvre les yeux. À l'intérieur, tout à coup, c'est l'abîme. Elle pousse un cri.

Cri de victoire sans doute aux oreilles de Romain, mais de la gorge d'Emma c'est bien un cri d'effroi qui vient de jaillir. Elle se détache de lui. Elle s'assoit au bord du lit.

Rien dans ses yeux. Rien. Un vide. Elle s'est retrouvée face à un vide. Ce n'était pas l'absence dont les yeux se remplissent quand l'esprit divague, ce voile qui parfois envahit les pupilles des rêveurs, non, c'était autre chose. Elle n'aurait même pas pu lui dire, comme on le fait parfois au lit, « tu n'étais pas là » — il n'était pas là, certes, mais surtout il n'était pas *lui.* Elle en tremble encore. D'un coup, elle a eu l'impression de faire l'amour avec quelque chose qui n'était pas, qui n'était plus lui. La cadence de son corps était idéale, si idéale qu'elle était sur le point de venir, mais ce mouvement-là n'était pas celui de la vie.

Elle est toujours nue, de dos, et elle tremble. Lui doit penser que ce sont les répercussions du plaisir.

« Ça va, mon amour ? » Il a sa voix de tous les jours.

Rien dans son intonation ne pourrait laisser croire qu'il a changé. Elle n'ose pas se retourner, ne veut pas risquer de revoir ses yeux. Elle murmure que oui, tout va bien, et s'enfuit dans la salle de bains.

Quand elle revient se coucher, elle lui tourne le dos, et derrière elle à nouveau il se place en cuillère. Peu à peu il s'endort, et expire dans son cou à fréquence régulière.

Elle ne peut trouver le sommeil, bien sûr, mais se voit néanmoins soulagée que les paupières de Romain soient désormais closes. Elle n'ose pas tourner la tête vers lui. Son sommeil a quelque chose d'effrayant. Est-elle en train de devenir folle ? Mais comment nier cette peur, dévorante, comment oublier le vide dans les yeux de Romain ? Comment ne pas avoir le vertige devant le gouffre où elle serait tombée si, par réflexe, elle ne s'en était pas immédiatement écartée ?

Le lendemain il n'en restera rien. Tout cela sédimentera dans sa tête à la façon d'un cauchemar d'enfance.

Elle tentera même, en vain, de se persuader qu'elle avait simplement trop bu.

Ils arriveront à la gare en avance. Sans encombre, ils prendront leur train retour.

Les yeux de Romain seront à nouveau habités par des émotions — la joie, le stress, la préoccupation, l'ennui, l'impatience —, mais nulle trace de ce qui, durant ces quelques secondes, avait rendu noirs ses yeux bleus.

D'un noir carbone.

K.

Dès lors ils ne se toucheront plus.

Romain replonge dans les eaux rapides des journées de quinze heures, et Emma se retrouve devant la page blanche. En d'autres circonstances, elle s'amuserait presque de ce cliché d'écrivaine en détresse.

Roxane occupe la plus grande part de ses journées — et il y a de quoi faire, la petite ne la laisse pas en paix. Comment avoir le temps d'écrire, se demande-t-elle parfois, tout en ayant conscience qu'elle ne fait que se trouver des excuses. Elle pourrait confier Roxane à la voisine, ou, avec assez de ténacité, lui trouver une place en crèche en attendant la maternelle, ou encore l'emmener plus souvent chez les parents de Romain, mais le silence de l'appartement une fois déserté la tétanise d'avance.

La petite gazouille, prononce des syllabes, mais ne dit toujours pas de *vrais* mots, gardant le plus souvent son pouce dans sa bouche. Ils ont pris rendez-vous avec la pédiatre et acheté des livres sur la dysphasie. Ils en ont discuté avec quelques amis, qui leur ont dit de ne pas s'en faire : à trois ans, tout peut encore se débloquer d'un coup. Les enfants ne parlent pas tous au même rythme. Souvent, l'entrée à l'école aide à déclencher la parole. L'inquiétude subsiste, surtout chez Emma. En attendant, Roxane dévisage sa mère comme si elle attendait quelque chose. Un signal. Comme s'il fallait qu'Emma se montre à la hauteur de ses premiers mots, et qu'elle ne faisait qu'échouer.

Mais ce n'est même pas cela qu'Emma, malgré elle, s'est mise à attendre. En se faisant violence, elle parvient à voir au-delà de ses craintes, et peut se convaincre que Roxane, un jour ou l'autre, parlera, et que, de la même façon, la page blanche sur l'écran devant elle finira par se couvrir de signes.

Au fond d'elle-même un autre décompte a commencé, brumeux, indéfinissable, et pourtant bien présent, et le plus terrifiant c'est qu'elle en ignore l'échéance.

Deux jours après leur retour d'Aix-en-Provence, elle a accompagné Myriam au tribunal : Vladimir plaidait devant la cour d'assises. Une affaire importante, relayée par la presse — mais Emma ne lit plus la presse —, celle d'un homme accusé de grand banditisme, qui avait attaqué des convoyeurs de fonds cinq ans plus tôt.

Depuis qu'il défendait Arthur S., Vlad n'en dormait plus, s'était lamentée Myriam à de nombreuses reprises, voilà maintenant trois mois que cette affaire le *bouffait*, il avait pas mal maigri, y pensait jour et nuit, même si, à leur dîner quelques semaines plus tôt, il avait fait bonne figure. Arthur S. serait condamné, c'était certain, les preuves accablantes contre lui ne laissaient guère d'issue, l'homme ayant tué un convoyeur lors de sa dernière attaque, avant de prendre la fuite, pour se faire arrêter six jours plus tard à sa planque dans le Val-de-Marne. Tous ses complices, moins surveillés que lui, étaient déjà partis à l'étranger, mais il ne s'était pas risqué à quitter le territoire de peur d'être arrêté aux frontières. Il s'agissait pour Vlad de limiter autant que possible la durée d'incarcération de son client.

La vie quotidienne de Myriam se trouvait accaparée à tous niveaux par cette affaire, puisque les deux journaux d'actualités qui encadraient son émission l'évoquaient régulièrement, et qu'elle-même avait dû aborder la question avec le garde des Sceaux quand elle l'avait invité. L'affaire Arthur S. touchait ainsi ses oreilles dans une variation de tonalités.

Et c'était très étrange, confiait-elle à Emma, d'être confrontée à ce dossier à la fois *de l'extérieur* — ainsi que le ministre en parlait, avec ses éléments de langage habituels, ou encore tel que les « voix radio » de ses collègues le racontaient, glissant dessus comme elles évoquaient ensuite les intempéries dans le Pas-de-Calais —, et *de l'intérieur*, dans les monologues de Vladimir, dont les va-et-vient frénétiques dans leur salon, cadencés par le nom de son client, évoquaient confusément une danse de la pluie.

À présent, dans le tribunal, c'est une autre danse à laquelle il se livre, et à cette fin il a endossé le costume adéquat : Vladimir a revêtu sa robe d'avocat. C'est la première fois qu'Emma le voit habillé ainsi. Il lui paraît plus grand, et paradoxalement elle a le sentiment que c'est cet habit-là qui lui correspond le mieux, et que les costumes de marque ou les tenues « chics décontractées » qu'elle le voit porter à la ville ne sont que déguisements de théâtre.

Elle a retrouvé Myriam dehors dix minutes plus tôt. Ensemble elles ont fait leur entrée dans le palais de justice, se tenant à distance des journalistes, et ont croisé brièvement Vladimir dans les couloirs — dont le carrelage en marbre bicolore semble transformer chaque pas en sentence, et où l'on se surprend à baisser la voix pour les propos les plus anodins. Emma s'était dit que les bâtiments ont parfois ce pouvoir, celui de donner aux mots un autre visage, en les chargeant de poids ou, au contraire, en les rendant dérisoires, et elle avait aussi songé que c'est uniquement dans ce but, peut-être, que les hommes construisent les palais de justice et les cathédrales. Pour que leurs mots résonnent.

Vlad, dont le visage fermé avait à peine accueilli le baiser furtif de Myriam, était déjà plongé dans sa plaidoirie à venir. Emma reconnaissait difficilement l'homme qui plaisantait quelques semaines plus tôt dans son salon, en buvant du brouilly tout en faisant connaître son désaccord sur le meilleur album des Daft Punk. Penser à ce souvenir avec Vladimir face à elle avait relevé, à ce moment-là, de la science-fiction, tant ces deux versants de lui n'avaient rien à voir l'un avec l'autre. Elle n'en avait rien dit à Myriam, dont l'inquiétude par procuration pour celui qu'elle aimait n'en semblait que plus extrême.

Vladimir, lui, n'avait pas l'air inquiet, au contraire, c'était comme si Myriam avait absorbé toute son appréhension, toute la moiteur d'une quelconque émotion, pour le laisser calme, sec, concentré, câblé de pied en cap par la solidité d'un argumentaire. À regarder Vladimir, dont les traits paraissaient se focaliser vers un horizon vu de lui seul, dont le torse et le cou légèrement tendus en avant semblaient déjà propulsés dans la salle d'audience, on avait la sensation de faire un voyage dans le temps, si ténu fût-il, un voyage dans un futur imminent, celui de cette dernière journée de procès sur le point de s'ouvrir. Très vite, il avait fait volte-face pour partir. De l'air s'était engouffré dans sa robe, dont les larges manches avaient flotté à sa suite, comme pour s'attarder à sa place dans le passé.

Emma et Myriam se sont assises côte à côte dans l'assistance. Le procès touche à sa fin, c'est la dernière ligne droite, les journalistes sont tous là. Vladimir sait qu'après ça il ne parlera plus : Arthur S. aura le droit de s'exprimer une dernière fois, puis le jury se retirera, tandis que les journaux mettront leurs gros titres en suspens.

Depuis l'endroit où elle se trouve, Emma peut apercevoir les chaussures de Vlad réaliser des va-et-vient entre le jury et la partie adverse, probablement sur le même rythme que ceux qu'il a faits pendant trois mois, chez lui, devant Myriam, en accordant ses pas à son raisonnement — ou bien était-ce l'inverse ?

Emma ne peut s'empêcher de remplacer mentalement pupitres en bois, chaises et dossiers pénaux par les meubles du salon de ses amis, mettant à la place de l'un des jurés cette plante verte qui « ne repart pas » malgré leurs efforts, neutralisant la présidente au profit du canapé qu'ils ont déniché dans une brocante d'Ardèche, balayant la partie civile pour la remplacer par la fenêtre à double battant, depuis laquelle on peut entendre, dans un doux bourdonnement, la rumeur de la rue Lepic.

Elle tourne la tête vers Myriam, et, avec un peu de surprise, remarque sur le visage de sa meilleure amie non une expression apaisée mais de la crispation — et en même temps, à quoi m'attendais-je? songe Emma. Il y a beaucoup en jeu pour Vladimir, peut-être même toute sa carrière. *On ne peut pas se louper aux assises*, Emma se rappelle soudain l'avoir entendu dire cette phrase à Romain, entre deux portes, alors qu'ils discutaient ensemble en fin de soirée. Ils avaient donc parlé tous les deux du procès, ne fût-ce que brièvement. Vladimir y avait-il pensé pendant tout le dîner? Peut-être était-ce pour cette raison qu'il s'était montré un peu sardonique envers Romain : pour détourner ses pensées de l'affaire qui l'occupait en permanence.

Vladimir a commencé à plaider. Sa première phrase a été : *Mesdames, messieurs les jurés, madame la présidente, messieurs les assesseurs...* Emma regarde avec curiosité l'accusé, Arthur S., dont les traits de bouledogue, le crâne rasé, les cernes marqués, si déplaisants qu'ils soient, ne laissent guère deviner les crimes dont il s'est rendu coupable. Son visage affaissé suit le discours de Vladimir avec une attention dont on imagine, si elle n'était teintée de tant d'épuisement, qu'elle ressemblerait à celle d'un reptile, tant elle est aiguë et presque *mauvaise*. Emma ne sait pourquoi cette expression lui vient à l'esprit, une *attention mauvaise* — et non une « mauvaise attention » —, est-ce vraiment possible?

Les six membres du jury ne quittent pas Vladimir des yeux. Loin de dérouler un discours appris d'avance, ce dernier n'a jamais semblé aussi convaincu et habité par ses propres paroles. Emma remarque les pauses dans son discours, les silences comme des coups de massue, qu'il laisse volontairement retomber après certains mots, et tout le poids que ces mêmes mots prennent quand on les fait suivre de blancs pareils, qui semblent rendre aux adjectifs leur couleur et aux noms communs comme *décence*, *humanité*, *conscience*, *loyauté*, *clairvoyance* leur véritable sens.

Sans faire attention au contenu de la plaidoirie, que les journalistes notent ou filment depuis qu'elle a commencé et que Myriam connaît sans doute à la virgule près, Emma laisse son oreille voguer sur ses sons, sa musique, et regarde les jurés. Elle a l'impression de pouvoir lire sur leurs visages. Elle remarque une trentenaire brune, cheveux bouclés, yeux en amande et teint pâle, qui tressaille insensiblement à chaque anaphore : Vladimir, comme beaucoup d'avocats, en fait grand usage. Pendant trois minutes, chacune de ses phrases commence par *et si vous saviez*, expression qu'il fait suivre d'une interpellation, en prenant successivement à partie les différents membres du jury et la juge elle-même : *et si vous saviez, madame*; *et si vous saviez, monsieur*, et la trentenaire brune tressaille puis se fige lorsque Vladimir s'adresse finalement à elle. Un homme, deuxième rang, la cinquantaine grasse et tabagique, croise les bras depuis le début de l'audience, mais brusquement les décroise quand Vladimir, après un silence de plomb, lâche le mot *enfance* en le faisant suivre de l'épithète *sacrifiée*.

La juge elle-même, qu'elle le veuille ou non, trahit sa sensibilité aux termes qu'emploie l'avocat de la défense. Emma note qu'elle mordille la branche de ses lunettes au moment où ce dernier évoque l'adolescence d'Arthur S., allégorie vivante, affirme-t-il, de l'échec d'une justice répressive doublée d'une administration démissionnaire, entités qui l'expédient depuis ses treize ans de familles d'accueil en foyers, de centres pour délinquants en maisons d'arrêt diverses, sans nulle logique ni coordination. *Un dossier qu'on se repasse*, résume Vladimir en appuyant sur l'allitération, *voilà ce que représente mon client aux yeux de la France*. Comment s'étonner alors qu'un homme comme Arthur S., déconsidéré par une société qui ne voit en lui qu'un numéro sur un fichier, qu'une bouche nourrie par les impôts du contribuable, qu'un mauvais sujet à *mater*, comment s'étonner alors que cet homme se retourne contre le système en prenant possession des armes que l'inertie de celui-ci lui a remises entre les mains dès l'instant où il est né ? Vladimir poursuit, avec le flegme que procurent les certitudes morales : Mesdames, messieurs les jurés, madame la juge, nous autres Français sommes un peuple de rébellion, nous sommes un peuple qui ne tolère pas l'injustice, comment en vouloir alors à mon client, Arthur S., fidèle à l'esprit qui nous anime tous, et auquel en ce moment même, entre ces murs, nous nous efforçons de faire honneur, comment lui en vouloir d'avoir fait sa propre *révolution* ?

Un autre silence s'est installé dans la salle. Les yeux de Myriam brillent, et Emma pense à ce moment-là, avec un peu d'envie, que ce sont les mots de l'homme qu'elle aime, des mots qui sauvent, qui ont fait naître chez elle ce début de larmes. Les jurés annoncent leur retrait pour délibération. La séance est levée. Vladimir a quitté les lieux, elle ne l'a pas vu partir. Myriam se lève d'un bond sans attendre Emma.

Les pensées de cette dernière se tournent alors vers Romain, elle se rappelle Aix-en-Provence, la suite d'hôtel, son regard noir et vide. Le froid la gagne. Elle se lève à son tour.

Un peu plus tard, le verdict sera connu : on condamnera Arthur S. à dix ans ferme, au lieu des vingt ans de réclusion criminelle requis par le procureur. La plaidoirie de Vladimir, qui avait duré quarante-cinq minutes, aura donc épargné dix ans de prison à un homme. Un tissu de mots adroitement troué de silences aura abouti à ce résultat dans une vie humaine : dix ans de prison en moins. À la place, une décennie de plein air et de liberté de mouvement. Une victoire, sans nul doute, même si l'accusé, le regard dans le vague au moment de la sentence, avait paru prendre la mesure de dix années à passer entre quatre murs.

L.

Emma a perdu le sommeil depuis Aix-en-Provence. Elle considère la masse inerte de Romain dans le lit — y trouvant au moins la preuve qu'il dort —, et essaie de se dire que s'il ressent toujours le besoin de dormir, un besoin profondément *humain*, tout ne doit pas être complètement perdu.

Un matin, alors qu'il pianote sur son ordinateur en finissant sa tartine, attablé devant les restes du petit déjeuner, elle lui apporte son café et le voit soudain saisir son porte-cartes, en sortir sa carte bancaire, et, sans détacher les yeux de son écran, lui demander « s'ils prennent » le sans-contact.

Elle manque de faire tomber la tasse sur le parquet. Il s'aperçoit de sa gaffe et en rit de bon cœur — et Emma rirait avec lui, si elle le pouvait, si tout ce qu'elle vient de vivre ne lui donnait pas l'envie de le prendre par les épaules pour chercher en vain quelque part dans son cou ou dans son haleine des odeurs d'embruns, de vent marin, de soleil au mois d'avril, des résidus de n'importe quel souvenir qui l'aideraient à combattre le piège qui peu à peu se referme dans son ventre.

Ce jour-là, elle écrit quelque chose. Des vers, comme le début d'une pièce de théâtre. Elle en est d'abord soulagée, mais lorsque Myriam la félicite au téléphone, elle est incapable de lui parler de ce qu'elle a écrit, comme si, malgré cet exploit, l'eau qui progresse en elle par paliers avait emporté les mots sur son passage. La lutte est inégale, mais si les mots reviennent, peut-être l'espoir est-il encore permis. Pour elle, pour qu'elle recommence à écrire — pas pour Romain, ni pour Roxane, dont la pédiatre leur a simplement recommandé de la conduire chez un orthophoniste, car nul problème organique ne semblait empêcher la production de mots chez cette enfant.

« Vous êtes-vous assurés qu'elle évolue dans un environnement suffisamment stimulant ? » avait voulu savoir la jeune docteure derrière ses verres de lunettes. Elle avait posé cette question en les regardant tous les deux, mais très vite Romain et la pédiatre s'étaient tournés d'un même mouvement vers Emma : puisqu'elle était avec la petite toute la journée, c'était apparemment à elle qu'incombait la responsabilité du *stimulant*. Qu'entendait-on par là ? Derrière ce terme, voyait-on des jouets interactifs, des tirettes sur les côtés de livres pour enfants, qui cachent un mot ou un dessin derrière l'épaisseur de leurs pages ? Derrière *stimulant*, voulait-on parler de chansons, de boîtes à son qui font « meuh », de hochets à grelots, de poupées qui disent bonjour quand on leur appuie sur le ventre ? Emma et Romain ont déjà tout ça, ils possèdent déjà la panoplie du *stimulant*, aimablement dispensée par la famille, les amis, et des virées mensuelles dans les magasins de jouets. L'attirail n'avait donné pour l'instant qu'une succession d'onomatopées dans la bouche de leur fille.

Emma aurait aimé parler à la jeune femme de l'autre problème, du vrai problème. Elle se voyait le lui exposer : *Ses yeux étaient devenus noirs, je vous jure, tout à coup ils étaient noirs, et pas bleus!* Malheureusement, elle connaissait à l'avance la réaction d'un individu censément normal devant pareilles révélations. Mais en se taisant, elle avait l'impression par son silence de fausser le diagnostic.

Romain, après avoir attendu en vain une réponse d'Emma, s'était écrié que bien sûr, ils faisaient ce qu'il fallait pour que Roxane soit un bébé stimulé, indépendant, dynamique, et en entendant ces adjectifs Emma se préparait malgré elle à ce qu'il ajoute *force de proposition*, *multitask*, *réactive* et *performante*. À la réflexion, elle aurait presque souhaité qu'il le fasse en présence de la pédiatre, car elle aurait eu au moins une tierce personne avec laquelle échanger un regard lourd de sens, puis, sur un quelconque prétexte, discuter seule à seule.

Mais non, Romain s'est regrettablement limité à une langue de bois de circonstance, et tous trois se serrent ensuite la main — si le premier orthophoniste n'a pas de rendez-vous, ils peuvent toujours en appeler un autre, dont le numéro se trouve inscrit au verso de l'ordonnance que voici.

Juste avant de partir, alors qu'Emma tient Roxane dans ses bras et que la pédiatre les raccompagne,

Romain déclare, comme venant de se le rappeler : « Ah si ! Parfois, elle chante ! »

La pédiatre dit que c'est très bien, ça, et qu'est-ce qu'elle chante, la petite Roxane ? De l'autre côté du couloir, les deux mères assises en salle d'attente tournent la tête, un sourire attendri aux lèvres, en guettant elles aussi la réponse. Roxane, la joue contre celle de sa mère, semble l'attendre également, comme soudain prise en faute. Elle a chanté quoi, cette jolie petite fille ? Romain, qui n'anticipait pas tant de curiosité, poursuit sur un ton d'excuse :

« Oh, c'est un peu bête... Ce n'est pas une chanson avec des paroles. Elle fredonne l'*Ode à la joie*, de Beethoven... C'est la sonnerie de mon téléphone. »

Les mères en salle d'attente laissent échapper un rire discret, attendri, et la pédiatre les imite : manifestement, c'est *adorable* — adorable, et non inquiétant, contrairement à ce que pense Emma. Cette dernière n'a pas ri à la réponse de Romain, à peine s'est-elle forcée à sourire, mais de toute façon personne ne s'est soucié de sa réaction. Peut-être que tout le problème dans cette histoire, finalement, c'est son manque d'humour.

M.

Un jour, sans crier gare, Romain se met à souffrir de maux de tête.

Au réveil, incapable de se rendre au bureau, il reste couché un long moment, et Emma le prend dans ses bras comme un petit garçon. Ses yeux se posent par réflexe sur le réveil de la table de nuit : il est neuf heures du matin, une heure où d'ordinaire le lit est déjà fait et Romain parti depuis longtemps. Ce détail la perturbe, la coexistence dans un même champ de vision du corps de Romain allongé et du réveil affichant une heure inhabituelle.

« C'est l'horreur », ne cesse-t-il de gémir, et Emma pense d'abord qu'il fait référence aux céphalées, jusqu'à ce qu'il ajoute que sa réunion de dix heures est cruciale : elle a pour but d'affiner les derniers accords entre L'Entreprise et la boîte qui la rachète. Tout le monde sera là, les PDG coréens ont fait le voyage, les directeurs financiers aussi, mais Romain, lui, ne pourra pas y assister, impossible dans cet état, tout ça à cause de foutus maux de tête. Emma se rappelle les rares fois où elle avait eu des céphalées. Ses tempes lui avaient semblé battre la mesure d'une symphonie inconnue et terriblement répétitive.

Elle va chercher une serviette de toilette imbibée d'eau tiède et la lui pose sur le front, comme une infirmière avec un grand blessé, et Romain reste ainsi toute la matinée, couché dans l'obscurité, tandis que dehors le soleil se met à briller de plus en plus fort. Emma sait qu'il ne supporte pas l'idée de rester inactif pendant que le monde extérieur a commencé une journée de travail. Pendant un temps, elle l'observe depuis le seuil de la chambre, ne pouvant détacher son regard des yeux clos de Romain, qui, à distance, ont l'air de continuer à s'agiter derrière ses paupières comme lorsqu'on fait un mauvais rêve. Elle se demande si ses yeux passent du bleu au noir quand il les ferme. Elle quitte la pièce pour conjurer la peur qui arrive.

Quand il émerge, vers quatorze heures, la chemise encore déboutonnée sur un t-shirt blanc, il a son téléphone en main, sur lequel il vient de commander un taxi pour essayer de *sauver* au moins l'après-midi.

Depuis la cuisine, Emma s'apprête à lui dire que ce n'est pas raisonnable puis se ravise, tandis qu'il boit trois tasses de café coup sur coup, en même temps qu'il se rase et termine de s'habiller dans la salle de bains.

Soudain, elle entrevoit une marge de manœuvre, une brèche : les céphalées lui offrent une porte de sortie, et elle n'a pas le choix, elle doit s'y engouffrer avant qu'il ne soit trop tard.

Alors elle parle fort, pour qu'il l'entende depuis la salle de bains. Elle lui répond qu'elle le laissera partir, mais à une condition : qu'il aille, en sa compagnie, consulter un médecin. Et ce le plus rapidement possible. Elle a conscience de le manipuler, mais c'est l'unique solution, l'ultime recours, elle en est sûre, pour essayer une dernière fois de vaincre le phénomène que jusqu'ici elle a été seule à voir.

Afin de ne pas laisser à Romain le temps de mettre en doute le bien-fondé d'une consultation médicale, elle ajoute aussitôt, d'une voix qu'elle voudrait ferme, que les maux de tête peuvent parfois annoncer des troubles graves au cerveau, surtout s'ils sont brutaux et violents ainsi qu'ils l'ont été ce matin.

Elle sait que Romain acceptera n'importe quoi du moment qu'elle le laisse se rendre tout de suite au bureau. Et en effet, dans un même souffle il répond oui et l'embrasse.

C'est alors que son portable, glissé dans la poche de sa veste, se met à sonner. Les premières notes de l'*Ode à la joie* s'en échappent, mais Roxane, qui fait la sieste, n'est pas là pour les fredonner à l'unisson. Romain attrape l'appareil entre pouce et index.

Alors qu'il fait ce geste, tout à coup le regard d'Emma se pose sur ses tempes, dont les veines vibrent encore sous les coups de boutoir des céphalées. Elles semblent subitement s'être mises à pulser au rythme de la sonnerie.

Il décroche. Emma n'entend pas ce qu'il dit. Elle reste là, devant lui, pétrifiée, ne pouvant détacher les yeux de ses tempes, qui semblent à présent mener une vie parallèle. Il lui caresse distraitement le bras du bout des doigts, tout en promettant à un interlocuteur invisible qu'il sera là dans trente minutes. Sur ces mots, il s'en va en disant *à ce soir*.

N.

Ils vont consulter le médecin de famille de Romain, celui qui le suit depuis ses quinze ans. Emma a pris rendez-vous à la minute où Romain est parti, ce jour-là, le jour des céphalées, et a écrit à son époux dans la foulée pour que celui-ci note la date du rendez-vous.

Elle a fait ça dans un seul souffle, ne pouvant risquer de voir cette décision remise en cause une fois les maux de tête de Romain disparus : il aurait pu lui dire que ce n'était pas la peine, finalement, qu'il ne souffrait plus et qu'il n'avait pas le temps d'aller consulter pour un oui ou pour un non. Emma avait donc appelé Tessier sur-le-champ, s'était entendue avec son secrétariat sur une date de rendez-vous, puis avait envoyé une « invitation calendrier » à Romain depuis son smartphone.

Elle avait posé son téléphone à plat sur l'îlot central de la cuisine et, restée debout, avait regardé fixement la surface digitale où apparaissait son calendrier. Elle ne pouvait plus bouger. Elle attendait un signe de la technologie. Après l'envoi de l'invitation, un point d'interrogation fantôme avait subsisté trois minutes à côté du prénom de Romain, avant d'être remplacé par une virgule verte. Il avait accepté le rendez-vous, qui s'était de fait inscrit automatiquement dans son agenda. Dès lors elle avait été rassurée, et ce soir-là elle avait pu dormir.

En route vers le cabinet de Tessier, alors qu'ils traversent deux arrondissements en VTC pour atteindre le XIe, elle demande tout de même à Romain s'il a éprouvé d'autres maux de tête depuis la dernière fois. Il répond que non, jusqu'à présent il n'en a souffert qu'à la maison. Au bureau tout va bien, *ça* se remet *en marche*. Il est parfaitement *opérationnel*.

Elle tente de passer outre ces déclarations qui la glacent, et réfléchit. Comment arriver à ses fins, maintenant ? Évidemment, le but caché de cette consultation n'est pas d'obtenir une ordonnance d'antalgiques. Tessier, derrière la monture de ses lunettes en écaille, avec son sourire roublard d'ancien fauteur de troubles, serait capable de prescrire des somnifères à l'une, du Tramadol à l'autre, avant d'expédier la consultation sans même noter la taille ni le poids de Romain sur son carnet de santé, ainsi qu'il le fait depuis l'adolescence de l'intéressé.

Peut-être, après tout, pourraient-ils survivre ainsi, se dit Emma, assise dans le véhicule, lequel, avec le square Trousseau en ligne de mire, se fraie lentement un chemin parmi le trafic dense des départs au travail. Peut-être somnifères et opiacés suffiraient-ils à garder leur couple à flot, en les maintenant dans un état ni totalement authentique ni tout à fait second — et ils vivraient ainsi, en s'appuyant sur la médecine, comme un grand nombre de gens le font tous les jours.

En poussant la porte cochère de l'immeuble, après avoir jeté un œil sur la plaque dorée du docteur Tessier — médecin généraliste, uniquement sur rendez-vous —, Emma se concentre sur son objectif.

« Vous avez bien fait de venir », déclare le médecin après cinq minutes.

Emma, soulagée d'entendre ces mots, attend maintenant son diagnostic. Face à elle, les lunettes en écaille sont essuyées plusieurs fois. Elle se rassure : Tessier a dit qu'ils avaient bien fait de venir, justifications et argumentaires leur sont donc épargnés d'emblée.

Romain à ses côtés ne cesse de s'agiter. Tessier lui dit qu'il le trouve amaigri, vraiment, ça saute aux yeux, et avec ce teint pâle votre tension ça ne doit pas être l'Everest... Non que l'Everest soit préférable, évidemment, convient-il avec malice, dans une blague de médecin à laquelle Emma ne pense pas à sourire.

Et vous ? Rien à déclarer ? Les lunettes ont désormais atterri entre les mains du praticien, dont le regard flou s'est déporté sur elle. Emma minimise : non, moi rien, des insomnies, une fatigue générale à cause de la petite, rien de bien méchant.

Romain passe sur la balance et fait état d'un poids inférieur aux pesées précédentes — c'est Tessier qui le confirme, Romain a perdu cinq kilos depuis sa dernière visite, six mois plus tôt : ce n'est pas dramatique mais cela reste une perte de poids assez conséquente... Emma s'en veut de se réjouir secrètement de tout ce qui pourrait passer pour de mauvaises nouvelles dans la bouche d'un médecin. Elle voudrait que chaque mot de Tessier lui donne la confirmation qu'elle n'est pas folle. Romain a maigri, et s'il a maigri c'est parce qu'il n'est plus le même, bien sûr, il a changé, et pour preuve elle en veut son corps, ce corps conjugal qui en guise de protestation s'est mis à se retrancher, à s'amoindrir, comme si par là il avait ordonné à ses troupes leur retrait d'un champ de bataille jugé trop périlleux. Elle n'avait même pas remarqué qu'il avait maigri, mais maintenant ça la frappe.

La lumière jaune d'une petite lampe posée sur le bureau du docteur donne à la peau de Romain une teinte bistre : tout à coup il a l'air malade, mais malade d'une pathologie désuète, qui daterait du 19e siècle, la phtisie ou la fièvre jaune. Il vient de descendre de la balance et se rhabille sans se presser, à côté de la paillasse du médecin. Ses deux pommettes forment un angle tranchant, qui surplombe la zone creuse de ses joues. Romain a maigri, mais que mange-t-il ? L'a-t-elle même vu manger, ces derniers temps ?

Prise au piège de son vocabulaire contaminé, à la poursuite de sa syntaxe perdue, Emma au cours des semaines n'a plus vu que l'immatériel chez Romain, ou plutôt l'a entendu, guetté, elle a écouté les mots de Romain et à travers eux le vide, l'abîme, sans même remarquer en cours de route un détail stupide, si simple qu'il avait sauté aux yeux du premier médecin venu : Romain avait perdu du poids.

Sa tension est plutôt basse, un tout petit 9, une tension d'adolescente, poursuit Tessier dans son inventaire : c'est bien ce que je pensais, mais bon, rien d'alarmant non plus, il faut veiller à bien s'hydrater, à manger correctement, et aussi poursuivre une activité physique régulière : courez-vous toujours quotidiennement ?

Non, bien sûr, le travail a aussi noyauté le temps du sport, mais Romain plaisante en disant qu'il prendra dorénavant l'escalier pour monter jusqu'à son bureau — quinze étages deux fois par jour, ça réglera la question.

Les deux hommes se mettent à rire. En les observant, Emma a l'impression de se faire enfermer à clé.

« Et vous ? Vous vous sentez comment ? » lui demande alors Tessier en retrouvant un peu de sérieux.

Sur une impulsion, elle lui répond qu'elle a du mal à écrire en ce moment, dans l'espoir confus que le médecin pourra discerner le véritable sens de ses propos : si elle ne parvient plus à écrire, c'est à cause de Romain, c'est même uniquement pour cela qu'ils sont venus aujourd'hui.

Mais Tessier, contrairement à ce qu'elle espérait, ne lit pas dans ses pensées, et à la place se fend d'une phrase sur les auteurs, qu'elle ne veut même pas entendre et noie dans le brouhaha général du cabinet — tout en attendant, avec l'espoir fou qu'on met dans les causes perdues, qu'il lui pose enfin une question salvatrice, qui pourrait devenir le soubassement d'une guérison pour Romain. Il n'en est rien. Sous les yeux amusés de son époux, il la fait asseoir à son tour et lui demande de soulever la manche de son pull, d'un ton un peu solennel, tout à coup, comme s'il la soumettait à la question.

La tension d'Emma est identique à celle de Romain.

Tessier leur prescrit à tous les deux du magnésium et de la vitamine D.

Le rendez-vous s'achève. Elle n'a pas pu se retrouver seule avec le médecin — à la réflexion, elle aurait simplement dû l'appeler, elle savait bien que le problème de Romain se trouvait ailleurs. Comment une auscultation aurait-elle pu suffire ?

Romain et Tessier se dirigent maintenant vers la porte en échangeant leurs vœux pour les fêtes qui approchent. Elle se lance.

« Je me demandais... »

Sa propre voix lui donne la sensation de briser du verre. Ils s'interrompent. Avec courage, elle poursuit :

« ... s'il était possible de prescrire à Romain une IRM du cerveau. »

À ces mots, la tête de Romain pivote vers elle. Soudain du noir passe à nouveau sur ses pupilles. C'est très rapide, comme un store qu'on descend et remonte aussitôt.

Emma sent un écrou se visser en elle-même. Le piège s'est réactivé et se referme encore. Pour ne pas s'y laisser prendre, elle entame un monologue, les yeux au sol, sans plus regarder son mari ni même le médecin. Ces maux de tête chez Romain étaient si brutaux, si violents, ne vaudrait-il pas mieux vérifier qu'il n'a rien au cerveau ? Rien de grave ? On peut toujours s'en assurer, non ? En parlant, elle sent la fébrilité de sa propre voix, elle a conscience de l'image qu'elle renvoie. Elle aurait préféré qu'il en soit autrement, bien sûr, mais en fin de compte elle se moque de perdre la face et de passer pour l'une de ces femmes anxieuses — tant pis, à l'heure qu'il est, ce n'est pas son orgueil qui prévaut. Elle quémande donc une ordonnance d'IRM à Tessier, presque honteusement, et celui-ci, après un long regard, regagne son bureau et s'empare d'un feutre bleu.

Romain et Emma restent debout, côte à côte, près de la porte entrebâillée. Emma pendant ces longues secondes évite le regard de son conjoint. Elle sait qu'il l'observe, qu'il cherche un aparté avec elle, même bref, et que s'il y parvient elle ne pourra pas lui mentir. Alors elle fait semblant de penser à autre chose. Elle prend un air absent. Romain, sans doute, voudrait savoir ce qui la pique : pourquoi exige-t-elle donc qu'il passe un examen du cerveau, et pourquoi ne lui en a-t-elle rien dit ? Pourquoi, tout à coup, ce secret dans leur couple — comme si c'était à lui de poser la question. Emma lui refuse donc son regard. Elle ne peut pas compromettre son objectif au nom d'une loyauté conjugale qu'il a déjà trahie.

Tessier, qui a plié le feuillet en deux, s'approche pour le lui remettre. Le plancher craque sous ses semelles. Il finit par le lui tendre dans un geste qui évoque un film d'espionnage pendant la guerre froide. Emma attrape la feuille de papier carbone, si légère, en se retenant de la lui arracher des mains.

Elle ne la déplie qu'une fois dans les escaliers, quelques marches derrière Romain, lequel, absorbé à nouveau par e-mails et textos, semble avoir tout oublié de l'épisode dès qu'ils sont sortis du cabinet.

Leurs pieds se posent sans bruit sur le velours sombre

et épais des marches en bois verni. Devant elle, à rythme régulier, le crâne de Romain poursuit sa descente. Elle se dit qu'elle n'a plus rien à perdre. Qu'une fois dans la rue il sera trop tard. Le changement d'atmosphère aura raison de son courage.

« J'ai oublié mon écharpe. J'arrive. »

Par chance, Tessier n'a pas encore reçu le patient suivant. Elle tombe sur lui alors qu'il s'apprêtait à se rendre en salle d'attente.

Elle sait son visage rouge, elle sait son essoufflement, ses cheveux en désordre, ses mains frénétiques, tandis qu'elle l'implore : je dois vous parler, vous parler d'autre chose, c'est très important, je suis désolée, je ne pouvais pas vous le dire en présence de Romain.

D'un hochement de tête, le médecin lui enjoint de repasser dans son cabinet.

Il ferme derrière eux, mais ne l'invite pas à s'asseoir. La porte, dont une vitre occupe la moitié supérieure, les découpe probablement en ombres chinoises aux yeux des patients toujours en salle d'attente.

Entre eux, à présent, le silence s'est fait. Malgré le temps précieux qu'il lui coûte, ce ne sera pas Tessier qui le brisera le premier.

Emma s'entend alors lui dire, avec trop de gravité — elle le sait, elle tente de désinvestir ses propos du fracas de ses émotions, mais elle n'y peut rien, ça sort comme ça vient, en vrac et en inquiétude : ce ne sont pas que les maux de tête, docteur, il y a autre chose,

Romain n'est plus le même, il s'en va, il se détache de moi, il ne parle plus comme avant, il faut faire quelque chose. L'autre jour ses yeux étaient noirs. Noirs, et pas bleus. Est-ce que le cerveau de quelqu'un peut se retrouver irradié par les ondes de son téléphone, à tel point qu'elles atteignent la zone du langage, qu'elles y provoquent des lésions, ou autre chose, qui expliquerait ce changement chez lui ?

Tessier l'écoute sans l'interrompre. Quand elle remarque l'acuité de son attention, elle s'arrête d'un coup, par réflexe. Les sons cessent brutalement de sortir de sa bouche. Elle reprend sa respiration, le regard sur les lèvres du médecin.

Il lui répond avec lenteur qu'il a prescrit une IRM à Romain pour la rassurer, mais que les céphalées en elles-mêmes ne témoignent guère d'une quelconque altération du langage : ce ne sont pas du tout les symptômes d'un tel trouble. Par ailleurs, Tessier lui-même a trouvé Romain semblable à d'habitude, très aimable, poli, comme toujours, de compagnie agréable, fidèle à l'adolescent qu'il fut et à l'homme qui vient le consulter depuis presque vingt ans.

Le langage de Romain ? Emma peut-elle s'expliquer ? Parce que, lui, a trouvé Romain plutôt éloquent, non, vraiment, il ne voit pas ce qu'Emma veut dire. Ils se sont souhaité de belles fêtes et tout le meilleur pour la fin d'année, et avant cela Romain lui a dit qu'il était ravi de le revoir et qu'il espérait que cette année s'achève dans les meilleures des conditions. Ils se sont inquiétés de la conjoncture actuelle, ont parlé de ce début de semaine plutôt pluvieux et aussi des nouvelles mesures du gouvernement en matière de sécurité. Sont-ce là les propos d'un malade ? Les gens qui souffrent de dysarthrie, par exemple, ont du mal à articuler les mots, c'est souvent le symptôme d'un système nerveux lésé : à l'évidence, rien de tel chez Romain. L'aphasie, quant à elle, s'éprouve de différentes manières : on confond des syllabes, on prend un mot pour un autre, on oublie son vocabulaire... Souvent, ces pathologies apparaissent après un accident cardiovasculaire ou à la suite d'une opération, expériences traumatisantes pour le cerveau auxquelles Romain n'a pas été exposé. Peut-être est-il un peu différent au sein de leur couple, évidemment, mais qui peut prétendre être égal à lui-même en toutes circonstances ? Et puis, les relations amoureuses, vous savez, c'est tellement singulier, tellement propre à chacun...

Le médecin poursuit, mais Emma a décroché, elle ne fait plus que regarder ses lèvres bouger, elle s'est absentée et pense désormais à son propre poids dans le sol, à son pied gauche, posé entre deux lattes de parquet, à son gant, aussi, qui vient de tomber par terre, et même à son visage, la seule zone de son corps exposée à l'air libre, tout le reste étant couvert par des vêtements — son visage qui palpite, sue, et rougit sans doute, et qui s'expose nu aux yeux de Tessier, tellement nu que cela en frôlerait presque l'indécence.

Tessier cependant ne semble pas avoir remarqué son trouble, elle l'entend dire, dans un lointain fracas, qu'il est certain que l'IRM, outre faire subir à Romain des radiations — ce dont, accessoirement, tout corps humain se passerait bien —, ne servira probablement à rien.

Mais que Romain la passe donc, si Emma peut y trouver un réconfort quelconque.

O.

Depuis leur rendez-vous médical, Emma s'est mise en pilotage automatique. Elle trouve même un certain réconfort dans ce choix assumé de déconnexion du corps. Exit les faux-semblants, elle n'est plus dans la vie, mais ce n'est pas grave puisqu'elle a un délai.

Elle place tous ses espoirs dans l'examen, mais en même temps le regrette : si l'IRM détectait à Romain un problème au cerveau, quelque chose de grave, nécessitant traitement ou opération, elle aurait enfin son explication, certes, mais un tel soulagement est-il désirable s'il vient au prix d'une maladie ? Ne vaudrait-il pas mieux ne rien trouver du tout, et que le cerveau de Romain soit intact ? Bien sûr, se dit-elle parfois à voix haute, bien sûr que ce serait préférable, que Romain n'ait rien, qu'il soit épargné... Mais alors, qu'en conclure ? Qu'Emma invente tout depuis le début ? Dans un cas comme dans l'autre, l'un d'entre eux est fou.

Elle se demande comment leur fille pourrait vivre, avec un seul parent. Qui s'occuperait le mieux de l'enfant ? La réponse, qu'on aurait pu croire facile, n'est pas si évidente.

Elle passe ses journées avec Roxane mais celle-ci ne parle toujours pas. Depuis qu'Emma a pris rendez-vous chez l'orthophoniste, la perspective de la consultation pèse sur sa conscience : que lui dira-t-on ?

Peut-être Romain, s'il était resté à la maison à sa place, si ensemble ils n'avaient pas reproduit le cliché de la mère au foyer, peut-être Romain se serait-il révélé un bien meilleur parent.

Si Romain était resté à la maison, peut-être la petite aurait-elle déjà articulé des phrases entières. À son âge, d'autres en sont déjà à l'*explosion lexicale*, comme l'appellent les professionnels de l'enfance.

Elle se remémore l'humiliation intérieure, cuisante, qu'elle avait ressentie un soir, quand ils en avaient discuté, et que Romain avait naturellement adopté le ton de l'évidence : *de toute façon, tu travailles déjà à la maison.* Avant d'être évoquée, l'affaire était réglée. Peut-être dès ce moment fallait-il le quitter ?

Maintenant elle ne peut plus écrire, et Roxane stagne juste avant les mots. Ce sont deux chantiers que chaque jour elle doit regarder en face, dont elle déblaie les gravats alors que Romain déserte l'appartement pour se rendre dans le monde.

Pourquoi Romain a-t-il pris possession des mots, pourquoi a-t-il gagné sur ce terrain-là aussi, sur cet espace qui était pourtant le sien, son domaine, depuis toujours, et cela bien avant leur rencontre ? N'a-t-il donc aucun respect ? Elle s'énerve toute seule, elle tourne en rond dans le salon, puis fond sur Roxane avant que celle-ci n'ait le temps de réclamer son repas, la nourrissant à la cuillère en même temps qu'elle alimente ses propres récriminations : puisque Romain lui a tout enlevé, à quoi bon s'en faire pour lui ? Ne vaudrait-il pas mieux après tout le laisser aux prises avec son langage ? Pourquoi vouloir à tout prix sauver quelqu'un qui a l'air satisfait de son sort ? Au nom de quoi ? D'un bateau en Bretagne ? D'embruns, dont tout le monde a oublié le parfum ?

Emma essuie la compote de pommes sur la bouche de sa fille. Elle n'en peut plus d'être seule à porter son couple. Elle n'en peut plus de se cogner aux formes des meubles, à la texture des aliments : une compote de pommes, des yaourts liquides dans le frigo, des coquilles d'œufs qu'on brise sur un coin de table, toutes les matières de ce qu'on appelle un foyer. Le moelleux des coussins lui donne des haut-le-cœur.

Elle voudrait retourner vivre à l'intérieur des mots. Des mots qu'elle aurait choisis elle-même et qu'elle alignerait les uns après les autres afin qu'ils forment un système contrôlable, fermé, une maison de signes dont elle posséderait la clé de chaque issue. Dans ce foyer elle pourrait s'endormir. À son réveil, Roxane parlerait. Romain s'adapterait ou il partirait — nulle autre alternative ne lui serait proposée.

Au lieu de cela, elle vit dans une réalité de yaourts et de coussins, dont Romain, dès qu'il rentre, l'arrache pour l'entraîner avec lui dans un espace aussi désert que le parking d'un centre commercial en pleine nuit. Il a l'air de prendre l'éclairage au néon des allées pour la lumière du jour. Il s'est aménagé un lit entre deux caisses automatiques, et il insiste pour qu'Emma s'y allonge avec lui. Tout en elle s'y refuse. Elle reste debout devant la machine et ne cesse de presser le bouton qui délivre les tickets de sortie.

Alors tant pis, se dit-elle parfois, que Romain reste là, dans sa nuit, allongé sur son lit de fortune. Elle ne tombera pas avec lui. Elle emmènera Roxane. Elle se débrouillera entre sa fille et son écriture. Et lorsque Roxane parlera, un jour, le système fermé des signes d'Emma sera en mesure d'intégrer le langage titubant d'une enfant.

Tout cela s'accomplira peut-être. L'avenir sera décidé après les fêtes, par l'IRM. Encore une machine.

P.

Noël s'ouvre chaque année par de la commedia dell'arte : les embrassades de sa belle-mère. Celle-ci happe le couple dès la porte d'entrée. Emma et Romain ont l'habitude, et savent qu'ils ne s'en sortiront pas comme ça, pas avant que le quart d'heure réglementaire dédié aux retrouvailles n'arrive à son terme. Celle qui se prête à de telles effusions n'est pas la mère de Romain — chez les parents de Romain, ils iront déjeuner le 25 —, mais la nouvelle compagne du père d'Emma, le soir du 24 étant réservé à la famille de la jeune femme. Plus précisément : à son père, que Romain a toujours tutoyé et appelé « Cédric », à la nouvelle compagne de celui-ci, Silvia — celle qu'Emma doit nommer, faute d'un meilleur terme, sa « belle-mère » —, et enfin à l'oncle d'Emma, Hector, le frère un peu taiseux de son père.

De la mère d'Emma on ne parle pas dans cette maison, mais Cédric dès son emménagement a accroché dans son bureau un triptyque, en grand format, de photos d'Alix, son ex-compagne partie vivre en Inde pour fonder une compagnie de danse. Sur la photo du centre,

Alix est seule, et sur les deux autres elle danse avec sa troupe lors d'une représentation à New Delhi en 2015. Elle a quitté la France il y a plus de vingt ans. Emma, à chacun de ses passages chez son père, trouve toujours un moment pour s'éclipser et s'isoler dans son bureau, en refermant la porte derrière elle. Cet appartement ne provoque chez elle qu'une envie, celle de se retrouver seule avec les photos de sa mère. Le reste ne témoigne que du quotidien de son père, qui, avec les années, lui est devenu complètement étranger.

Hector, resté assis sur le canapé beige *design* de la pièce principale, les salue et tente de faire la conversation avec Romain, probablement pour se donner une contenance. Emma s'étonne toujours de ce réflexe chez son oncle : pourquoi ce besoin maladif d'afficher les apparences de la décontraction face à des gens qu'il connaît depuis toujours ? Les efforts d'Hector n'en paraissent que plus artificiels. Les conversations qu'il engage sur la météo ou le sujet politico-polémique du moment donnent toujours à voir, en transparence, ce qu'elles étaient précisément censées camoufler.

L'accent italien de Silvia, qui parle fort, ne suffit pas à maintenir à quai les pensées d'Emma, qui tue le temps jusqu'à ce qu'ils passent à table. Silvia, malheureusement, s'est mise à lui poser, avec un grand sourire, des questions sur son écriture : est-ce que *ça* avance ? Et surtout, est-ce qu'elle *va bien* ?

Emma parvient, avec une adresse dont elle tire une certaine fierté, à répondre aux questions de sa belle-mère tout en pensant à autre chose, polyvalence néanmoins facilitée par le caractère imprécis, car purement social, de ce qu'on lui demande. Nul besoin en effet de se concentrer outre mesure pour répondre à l'intérêt superficiel de Silvia, qui, avec sa robe vaporeuse et ses talons hauts, papillonne dans l'appartement en leur resservant du champagne, avant de lancer à Cédric depuis la cuisine que ce dernier n'a pas fait préchauffer le four correctement, négligence qui, *mamma mia*, va retarder tout le repas.

Emma tente d'intercepter le regard de son père afin d'y lire de la complicité sur l'outrance du spectacle que sa compagne se plaît à produire chaque fois qu'ils reçoivent, mais Cédric semble éviter volontairement les yeux de sa fille. Verrait-il une telle connivence comme une trahison ? Emma se reproche d'attendre cela de lui, de son pauvre père, otage du pénible conflit d'intérêts qui a commencé dès que Silvia a déboulé dans leur vie, et où il est apparu, avec toute la splendeur de l'évidence, qu'Emma et elle ne pouvaient pas se saquer.

C'est peut-être pour moi que Silvia fait ce *show*, finalement, se dit Emma, qui ne peut s'empêcher de voir dans sa robe en mousseline bleu ciel un costume de scène. Silvia d'ailleurs s'y meut comme une comédienne, paraissant trouver une satisfaction cabotine à tourner inutilement sur elle-même en distribuant les coupes, pour le seul plaisir, semble-t-il, de sentir les plis de sa robe s'agréger à ses mouvements dans un léger retard.

Quand les lampes du salon sont éteintes, quand les feux de la rampe meurent enfin et que Silvia passe dans leur chambre pour se défaire de son habit de lumière, que se passe-t-il entre Cédric et elle ? Le père d'Emma est-il conscient du malaise que sa compagne occasionne, ou bien se raconte-t-il que c'est simplement sa « culture » qui la rend si exubérante ? Cédric met-il un cliché là où il faudrait voir Silvia dans sa vérité ? Se répète-t-il quelque chose comme *les Italiens sont plus démonstratifs que nous* ? Ou alors voit-il ce papillon en Technicolor comme l'image sociale de Silvia, laquelle, comme tout le monde, n'est pas la même en public et en privé ?

Ils passent à table. C'est la femme de ménage qui a préparé l'essentiel du repas, mais Silvia néanmoins remercie chaleureusement Hector, Emma et Romain lorsqu'ils disent se régaler.

On a placé Silvia et Romain l'un à côté de l'autre. Ils discutent avec beaucoup d'entrain. Emma s'en étonne. Romain ne se comporte pas comme d'habitude, il est trop à l'aise, et semble même trouver dans cette conversation, qu'Emma n'entend pas, un plaisir inédit. La belle-mère d'Emma pose la main sur l'épaule de Romain à plusieurs reprises, en riant à gorge déployée, mais Emma n'a pas l'énergie d'être agacée par l'indélicatesse dont Silvia s'obstine à faire preuve en toutes circonstances.

Ce n'est plus son père mais Romain qu'Emma scrute maintenant avec insistance, espérant de sa part un signe d'agacement, de lassitude, ou de tout autre sentiment en adéquation avec ce qu'il pense réellement de la femme à ses côtés. Emma connaît l'avis de Romain sur Silvia, encore plus féroce que le sien. Mais non. Rien. Romain et Silvia continuent de parler ensemble — de quoi ? on se le demande —, et Cédric, échauffé par l'alcool, prend

Hector à témoin de la bonne entente entre ces deux-là. Suite à cela, le père d'Emma se lève un peu trop vivement pour aller à la cuisine, et Emma sait que cette fuite hors de table n'est qu'une façon de parer à ses commentaires. Son père part donc en direction des fourneaux, suivi trois secondes plus tard par sa compagne, qui, dans sa légère ivresse, dépose un baiser sur la joue de Romain avant de s'éloigner dans un froissement bleu ciel.

Une trêve arrive avant le dessert. La table est desservie, les assiettes remplacées, et Emma se lève pour aller errer dans le couloir, d'un pas lent et sans but apparent, en passant l'index le long des livres qui peuplent la bibliothèque, tout en sachant très bien où elle va arriver — là où ses promenades dans cet appartement la conduisent toujours : le bureau de son père. C'est le seul lieu qu'elle a trouvé pour laisser le temps se consumer à chacune de ses visites, mal à l'aise qu'elle est parmi ces meubles beiges, blancs et prune, sélectionnés sur catalogue par une Silvia qui s'est toujours fantasmée décoratrice d'intérieur. Emma, dans cet appartement qu'elle n'a jamais appelé foyer, même lorsque, pour une raison quelconque, elle avait dû y passer quelques nuits, ne sait pas où se mettre. Elle n'aime pas les angles de son grand canapé, dont le style épuré ne compense pas l'inconfort, pas plus qu'elle n'apprécie la table où ils viennent de réveillonner, avec sa surface lisse et métallique où les poignets des convives ne trouvent guère d'appui agréable. Avant, son père aimait le bois — sa chaleur, ses imperfections, ses couleurs qui changeaient avec la lumière des différentes saisons —, il s'entourait de matières denses et colorées, chaudes, il vivait dans un espace où il était possible de lire pendant des heures. Avant, les meubles de Cédric n'avaient pas été choisis pour leur apparence, et si certains juraient avec le décor on ne les en aimait que mieux.

Mais un jour Alix avait pris l'avion pour l'Inde — pourquoi l'Inde? *Parce que c'est loin*, aurait répondu l'héroïne d'un de leurs films préférés —, et Cédric avait attendu, attendu, pour finalement se refaire une peau, comme un serpent, lorsque son chemin avait croisé celui d'une femme douée d'une affection particulière pour les sacs faits en ladite matière.

Dans la pièce règne l'ordre maniaque de Cédric. Ses stylos alignés, le clavier impeccable de son ordinateur, où nulle poussière n'a le temps de se déposer. Ses blocs-notes Rhodia, dépositaires, de temps à autre, de son écriture illisible, à l'encre bleue de ses stylos-billes. Le fauteuil à bascule, qui ne sert à rien et s'est retrouvé ici inexplicablement — non, pas inexplicablement, bien sûr : c'est un reliquat de sa vie d'autrefois, qui jure avec le reste de l'appartement et qui par conséquent a été remisé dans ces dix mètres carrés comme une antiquité au grenier. Silvia entre rarement dans cette pièce, la seule sur laquelle elle n'a pas de prise. Ses pouvoirs magiques et italiens semblent s'arrêter sur le seuil, désactivés dès qu'elle pose le pied dans cet espace qu'elle voit probablement comme une déclinaison de la chambre interdite de Barbe-Bleue.

Et de fait, se dit Emma en y arrivant, le bureau est exempt de toute présence, de tout fantôme, hormis celui de son père. Pour la première fois de la soirée, elle respire mieux. Elle ferme la porte derrière elle pour assourdir la conversation à trois voix qui vient de naître entre Romain, Silvia et Hector — trois instruments dissonants pour une musique de chambre expérimentale —, et, par habitude, passe en revue les livres qui forment la bibliothèque personnelle de son père. Ceux-là sont classés par auteur, et non par couleur, au contraire des ouvrages de la bibliothèque du couloir, lesquels ont donné à Silvia l'occasion de mettre en pratique son talent pour la colorimétrie.

Au milieu du triptyque, Alix la regarde. Drapée dans un épais tissu bleu, avec un troisième œil violet comme tatoué entre les sourcils, sa mère semble changer de sourire chaque fois qu'Emma revoit la photo.

C'est toujours elle qui me regarde, et pas moi, se dit Emma. Elle se place debout devant les photos mais ce sont les photos qui la regardent, c'est sa mère qui la voit, toujours elle a cette sensation illogique et troublante. Une nébuleuse s'est formée autour de sa mère, dont la personne entière se confond dorénavant avec cette existence qu'elle poursuit depuis vingt ans sur un autre continent.

Pourtant elle est allée là-bas, plusieurs fois, et Alix l'a reçue avec bienveillance, comme elle l'aurait fait avec une amie intime — pas sa fille, pas vraiment —, mais chacune de ces visites a donné à Emma le sentiment de poser sa main contre la vitre d'un aquarium. Au fond y serait tombée une clé, que du haut de ses dix-sept, vingt, trente ans, elle ne pouvait plus voir, tant l'objet s'était retrouvé enfoui sous le gravier ou escamoté par les plantes aquatiques.

En cette veille de Noël, c'est de l'inquiétude qu'Emma

voit dans le sourire d'Alix, celle d'une mère pour son enfant malade. Soudain, la porte du bureau s'ouvre. Emma sursaute.

Son père entre. Son visage prend un air coupable dès qu'il voit sa fille, comme s'il n'assumait pas que lui aussi, ce soir, a eu besoin de s'isoler.

Lorsqu'ils se placent côte à côte devant les photos d'Alix, Emma a l'impression de traverser un mausolée. Dans les quelques centimètres qui les séparent il y a du recueillement, et un peu de sacré dans l'air qu'ils respirent, malgré l'odeur de vin qui s'exhale de Cédric en cette fin de repas.

« Je m'inquiète pour Romain. Ça ne va pas bien, entre nous. »

Les mots sont sortis tout seuls. Elle aurait voulu les retenir. Mais elle les a dits sans détacher son regard de celui d'Alix, sur la photo, Alix à présent disparue mais qui ce soir semblait exiger de sa fille qu'elle parle enfin à son père.

À la grande surprise d'Emma, il répond que ça se voit : elle ne *calcule* pas Romain ce soir. Il s'en trouve désolé pour son gendre. Est-ce parce que Romain travaille trop ? Elle ne peut tout de même pas lui en vouloir pour ça...

C'est mal parti, elle le sait, mais elle essaie néanmoins d'expliquer à Cédric ce qui se passe, terrifiée par avance de retrouver sur le visage de son père l'expression qu'elle a vue sur celui du médecin, cette attention aiguë qui n'est pas révélatrice d'un intérêt ou d'une adhésion, mais bien celle qu'on prend devant les symptômes de la folie. Oui, c'est ça : une concentration qui s'efforcerait de bien retenir un comportement pour le retranscrire plus tard sur un formulaire.

Mais c'est trop tard, elle s'est lancée, et énumère, avec une effusion qu'elle aurait voulu éviter, les agissements de Romain : il ne parle plus comme avant, on ne se comprend plus, et c'est la faute de L'Entreprise, bien sûr, c'est ce nouveau travail qui le dévore, qui fait qu'il change, Papa, il change, et j'ai peur aussi qu'il ne m'aime plus. Elle parle confusément de l'IRM qu'il doit passer après les fêtes.

Il répond qu'il la comprend. Le ton de Cédric est doux, compatissant — peut-être Emma l'a-t-elle jugé trop vite. Il dit qu'effectivement il est difficile de vivre avec quelqu'un qui travaille autant, mais après tout c'est à la trentaine qu'il faut mettre les bouchées doubles, afin de récolter plus tard les fruits de ses efforts. À l'âge de Romain, Cédric travaillait jour et nuit. Le monde dans lequel on vit est sans pitié. La loi du marché n'épargne personne. Et pour l'IRM, il ne faut pas s'inquiéter à l'avance, il faut simplement prendre son mal en patience jusqu'à l'examen, mais leur médecin lui-même, si Cédric en croit Emma, avait l'air rassurant.

Emma sent ce qui arrive, et machinalement elle contracte ses abdominaux comme pour se préparer à encaisser ce que son père finit par lui dire : elle ne se rend pas compte de tout ça parce qu'elle vit dans une bulle. Quand elle ne s'occupe pas de sa fille, elle écrit et publie des romans. Emma à vrai dire ne sait rien du monde, de ce que c'est que d'avoir des horaires fixes, des dossiers à rendre, des patrons à satisfaire, des semaines de vacances limitées. Attention, Cédric ne la traite pas de paresseuse, au contraire : il sait qu'elle travaille beaucoup et qu'elle est consciencieuse, mais enfin Emma ne subit pas les mêmes contraintes ni la même pression que Romain, une pression qui a augmenté avec la naissance de leur fille et leurs nouvelles responsabilités. Comment, alors, en vouloir à Romain ? Et comment s'étonner que son travail déborde sur sa vie privée, quand aujourd'hui il arrive aux chefs d'entreprise de répondre à leurs mails en pleine nuit ?

Cédric, avec tout l'amour paternel dont il est capable, prend sa fille dans ses bras et lui embrasse le sommet du crâne. Emma se laisse aller parce que c'est facile, et parce qu'elle a besoin de cette affection, elle a besoin de prendre son père dans ses bras, même si par là elle accepte sa défaite.

Son père a tort, son père n'a rien compris, mais comment le lui dire ? Elle doit se rendre à l'évidence : elle est incapable de témoigner de sa propre réalité. Face aux photos de sa mère, la tête posée sur la poitrine de son père, qui a commencé à la bercer avec douceur, elle pense à ce qu'il vient de dire. Elle a l'impression douloureuse qu'il a mal traduit ses propos, comme s'il avait cherché, dans son langage à lui, des expressions équivalentes à celles d'Emma, de la même façon que Tessier y avait trouvé des correspondances médicales.

Père et fille retournent à table. La bûche est présentée, pour être découpée, c'est Silvia qui le fait en tronçons réguliers.

Romain ne semble pas avoir noté l'absence de sa

femme, pourtant assez longue, et l'embrasse sur la tempe quand elle le rejoint.

Emma remarque que son père les observe désormais avec une attention accrue. Elle regrette presque de s'être confiée à lui. Cédric, elle le sait, est en train de composer son propre récit de ce qui leur arrive, et celui-ci ne correspondra en rien à la réalité, du moins à celle d'Emma, mais il sera désormais impossible de le faire démordre de sa propre version des faits, tout comme on ne peut plus effacer une croyance une fois qu'elle s'est implantée en quelqu'un.

Emma regarde Cédric, assis de l'autre côté de la table. À ses côtés, Silvia ne cesse de bouger, pour débarrasser une assiette, rapporter du champagne, fermer la fenêtre, sectionner de nouvelles parts de dessert, et entre chaque déplacement elle retourne près de lui.

Emma voit son père rester immobile, avec sa compagne qui s'agite autour de lui dans des mouvements flous, en faisant bouger les manches de sa robe en mousseline comme pour tracer des traînées vaporeuses dans l'air — autant de cercles bleus où elle le retiendrait prisonnier.

Q.

Pour le Nouvel An, ils se laissent entraîner par Vladimir et Myriam à une fête où ils ne connaissent personne, dans un ancien atelier d'artiste, quelque part dans le 20ᵉ arrondissement.

Pour s'y rendre, ils prennent un tramway bondé de fêtards, avec à l'extérieur l'atmosphère bizarre que peut avoir la ville les soirs de réveillon, une espèce de joie mortifère, a toujours pensé Emma. On est gai, mais dans le même temps on est presque inquiet. Il y a dans les fêtes de fin d'année, le Nouvel An surtout, une conscience collective de la mort qui arrive. La lumière du 1ᵉʳ janvier, qu'elle soit éclatante ou terne, lui paraît toujours passer par un vitrail d'église.

Myriam reste près d'Emma pendant leur trajet. Elle est au courant pour l'IRM que Romain va passer, elle s'inquiète et ne s'en cache pas. Emma, d'un regard, lui a fait comprendre qu'elle ne voulait pas en parler — et en réalité ce n'est pas parce que cette conversation la déprimerait, mais plutôt parce qu'elle attend cet examen comme un soulagement, une réponse, là où la plupart des gens y verraient une épreuve à reporter autant que possible.

À l'avant du tram, à quelques mètres d'elles, Romain et Vladimir discutent avec animation. Emma ne les entend pas, mais conclut d'après la gestuelle de Vlad que ce dernier est en train de reconstituer pour Romain sa plaidoirie aux assises. Romain n'est jamais aussi concentré quand c'est moi qui lui parle, pense-t-elle. De loin, comme ça, en le voyant discuter, on pourrait presque se dire qu'il va bien.

Ils arrivent enfin à cette fête, dont les bruits leur parviennent dès qu'ils s'engagent dans la petite allée privée où se trouvent les ateliers, devant lesquels la végétation dense des jardins forme des amas obscurs, que la lumière des perrons éclaire par en dessous. Avant de sonner, le regard d'Emma est attiré au sol : un tricycle d'enfant gît à ses pieds, de biais, comme s'il venait d'être abandonné par son propriétaire, qui s'en serait éloigné en courant.

Ils sonnent. Pendant qu'ils attendent, Romain et Vladimir se repassent allègrement une bouteille de cognac, au goulot de laquelle ils boivent tour à tour. Leurs écharpes s'entremêlent au passage, ils les dégagent en riant. Bien. Tout cela promet d'être intéressant. Romain jusqu'ici n'a prêté aucune attention à sa femme. La punit-il pour le réveillon de Noël, cette soirée récente où, à en croire son père, elle s'est montrée trop froide à son encontre ? Emma n'en sait rien, et si c'était le cas elle trouverait son attitude injuste et puérile. Au moins Romain ce soir a-t-il lâché son téléphone : dans une tactique déloyale, elle l'a caché dans le meuble à chaussures pendant qu'il achevait de se raser, pour lui assurer ensuite, quand il s'en est inquiété, qu'ils n'avaient plus le temps de le chercher. Alors qu'ils sonnent à nouveau, plus longtemps et plus fort, elle sourit en songeant à cette petite victoire.

La porte s'ouvre enfin. Celle qui les a invités vient les accueillir et les prend chaleureusement dans ses bras, puis se laisse entraîner ailleurs par un type en quête de citrons verts pour les *caïpi*.

Elle se sert un verre de vin, s'assoit sur le canapé et observe son entourage. Myriam lui demande trois fois de venir danser en lui hurlant dans les oreilles le refrain de *J't'emmène au vent* de Louise Attaque, et finit par accepter sa défaite avec un rire, s'en allant rejoindre la trentaine de convives qui sautent sur place, et dont certains se tiennent par la main. Romain est parmi eux. Il est ivre, complètement *fait*, cela saute aux yeux, et il y a longtemps qu'Emma ne l'a pas vu sourire comme ça.

Elle le regarde danser et sauter à pieds joints avec les autres, tandis que ce morceau de leur préadolescence résonne à fond dans l'atelier, dont la grande baie vitrée, qui donne sur le jardin obscur, semble vibrer au rythme du refrain.

À côté d'elle, un jeune à marinière a tenté d'engager la conversation, mais Emma a prétendu, un sourire désolé aux lèvres, ne pas pouvoir l'entendre à cause de la musique, ce qui n'est pas vrai mais la sauve d'une discussion possiblement ennuyeuse qui l'aurait détournée de ses souvenirs.

Car Emma se souvient. C'était à une soirée de Nouvel An, aussi, qu'elle avait rencontré Romain. Il y a combien de temps, plus de dix ans, après dix on arrête de compter jusqu'à ce qu'on arrive à vingt.

Ils avaient donc vingt-trois ou vingt-quatre ans. C'était un soir un peu comme ce soir. Elle était venue avec des amies de fac, et comme toujours elle se disait qu'elle aurait mieux fait de rester chez elle, à lire, sans pourtant tout à fait assumer cette perspective, car Emma n'aimait pas à se voir comme une pantouflarde, une intello, une fille ne sachant pas s'amuser. Elle détestait que les gens puissent se faire cette opinion d'elle.

Et soudain elle avait vu ce type. Il dansait. C'était même lui qui entraînait les autres, comme toujours sur une piste de danse : quelqu'un dans le groupe se distingue, c'est elle ou lui que l'on regarde, et dont parfois, malgré soi, on imite les mouvements. C'est cette personne qu'on reconnaît comme étant absolument en vie à ce moment-là, sans que prétentions ni inhibitions ne viennent altérer son énergie brute. Emma l'avait compris tout de suite, la danse de Romain avait quelque chose d'instinctif. Aux antipodes de l'esbroufe dont certains peuvent faire preuve en devenant le centre d'attention, Romain ne *se regardait* pas danser, n'avait pas non plus l'air de penser à l'image qu'il pouvait renvoyer. Il ne pensait pas, sans doute. Il était.

Et tout le monde voulait être lui, dans cette simplicité dont pourtant ils se savaient par avance incapables, être ce type qu'Emma ne savait pas encore être Romain, dont elle n'avait pas encore savouré chaque lettre — le *R* conquérant, avant le *o* qui se donne à l'enchaînement moelleux du *m*, ce *m* qui se lève pour rattraper le *a*, le *i*, et enfin le *n* final, verdict attendu et désiré —, non,

Emma n'avait pas encore appris Romain lettre après lettre. Son visage et son corps n'étaient à cet instant que deux entités vivantes qui bougeaient à quelques mètres, et sur lesquelles consonnes et voyelles n'avaient pas encore résonné.

Quelle musique ? Elle ne sait plus. C'était une musique joyeuse, là encore, jouée à plein volume, mais Emma ne s'est jamais rappelé quel morceau précisément animait le corps de Romain ce soir-là. À vrai dire, jusqu'à maintenant, elle ne s'était pas posé la question, c'était comme si la main de sa mémoire avait coupé le son de ce souvenir, laissant Romain se mouvoir dans sa tête pendant dix ans sur un silence compact et dense.

De la même façon, ce soir, elle le regardait, l'angle était le même, Romain dansait et c'était peut-être la plus belle chose au monde, elle aimait tout de lui — enfin, *enfin* il avait cessé de parler et ne faisait qu'exister et respirer dans cette fête qui s'assemblait tout autour, dans ce désordre de gens, de couleurs, de sons, de verres qui tintaient, d'étoffes qui volaient, autant de pièces d'un puzzle volant qui gravitait autour d'un repère unique : le beau, le très beau corps de Romain, qui dansait ce soir ainsi qu'il le faisait quand elle avait posé ses yeux sur lui pour la première fois.

Le puzzle s'assemble et se désagrège dans un mouvement continu, fluide, et Emma garde son regard sur Romain comme sur un phare, elle le voit s'écarter du groupe, boire verre sur verre, puis finalement saisir une bouteille pour la porter directement à ses lèvres. Parfois il est accompagné, plus raisonnablement, par Vladimir. L'ivresse fait danser Romain de mieux en mieux, Emma s'en désole presque, personne ne remarque qu'il boit trop. Ce n'est pas normal. Elle voudrait en parler à Myriam, mais celle-ci lui dirait de laisser son mec en paix un soir de Nouvel An, et comment la contredire ?

Le soir de leur rencontre, elle ne savait pas comment se lever pour aller lui parler. À force d'être restée face à lui, son regard l'avait transformé en icône, en statue de musée, une paroi invisible les séparait désormais, et elle ne pouvait plus faire un geste.

Un instant elle avait même pensé à partir. Discrètement, sans dire au revoir, écrasée d'avance par la honte d'avoir désiré un homme sans avoir su tendre la main vers lui.

Elle avait songé à retourner chez elle, à ouvrir un livre ou à se remettre à écrire : retrouver la sécurité d'un texte, d'un espace fermé de signes, à l'intérieur duquel elle aurait pu se recroqueviller sans plus avoir à s'inquiéter des choses de la vie, ces choses comme, au hasard, se mettre debout, faire trois pas, essayer de ne pas transpirer, et enfin ouvrir la bouche pour que des sons en sortent. Emma avait sérieusement envisagé cette option, celle de congédier la vie pour se consoler par la fiction.

Mais elle savait que si elle empruntait ce chemin, si ce soir-là elle avait demandé aux livres de la préserver d'un homme auquel il fallait absolument qu'elle parle, elle le regretterait tant qu'elle serait ensuite capable d'arrêter d'écrire.

Et bientôt ce serait trop tard : la musique finirait par s'arrêter sur l'injonction d'un *wannabe* DJ, et le type, qu'elle ne savait pas encore être Romain, s'éloignerait vers la cuisine. Une autre fille s'engouffrerait dans la brèche de ce silence et se mettrait à lui parler — à cet instant ce serait fini. Il partirait vers d'autres rives, d'autres lèvres, qui l'attendaient déjà dans les pièces attenantes. Tant de virtualités féminines, ce soir-là, existaient pour Romain. Emma, sur le canapé, retournerait à sa fiction, et le ferait par dépit ou par consolation. Ce n'était pas possible.

Alors elle s'était levée. La chanson mourait doucement tandis qu'elle avait marché vers lui, vers Romain qu'elle ne savait pas encore être Romain, qui n'avait pas changé de place depuis tout à l'heure, comme si inconsciemment il l'avait attendue, et que s'il avait dansé c'était surtout pour passer le temps jusqu'à ce qu'elle ait la force de venir jusqu'à lui.

Elle était arrivée devant son visage. Tout de suite il l'avait vue. Leurs yeux s'étaient croisés. Et à cet instant ce fut le noir. Quelqu'un près d'eux avait éteint la lumière. On cria des chiffres : dix, neuf, huit, sept, six... Elle avait oublié la nouvelle année. En chœur, les autres semblaient compter à rebours les secondes avant leur rencontre, comme si cette année entière n'avait fait que la mener jusqu'ici, devant lui, avec son mètre soixante-six face à son mètre quatre-vingt-six, et entre les deux un espace où deux vies peuvent tenir.

Quand la lumière était revenue, Romain la regardait toujours. Elle était sûre que dans le noir il avait gardé les yeux sur les siens. Tout le monde avait crié « bonne année » et soudain il l'avait embrassée. C'était improbable, ils ne se connaissaient pas, jamais ne s'étaient parlé, mais leurs corps s'étaient trouvés. Leurs deux langues à cet instant s'étaient rencontrées.

C'était comme ça qu'Emma avait connu Romain, mais comment le raconter ? Par la suite, dans un accord tacite, ils avaient mis au point le récit de leur rencontre pour en livrer au monde — famille, collègues, amis — une version plus ordinaire : ils s'étaient parlé à une fête, avaient dansé ensemble, ils étaient un peu saouls. Mais Emma connaissait la vérité.

Et se la rappelle ce soir.

Alors, dans un mouvement semblable, elle va le retrouver sur la piste de danse. Comme il y a dix ans, elle attend que la lumière s'éteigne, elle attend un signe, Emma voudrait que Romain à cette minute revive, lui aussi, leur rencontre, elle se dit qu'à défaut de voyager dans le temps il est possible de replacer les corps dans les mêmes espaces.

Romain lui sourit.

Pour qu'elle danse à son tour, il prend ses mains dans les siennes.

Une fois encore le décompte arrive.

On éteint la lumière. Les autres sans le savoir reconstituent la scène.

Romain lâche ses mains.

Emma ne voit plus que des ombres autour d'elle, et le jardin dehors, ses buissons et ses plantes, comme autant de silhouettes, et tout à coup elle pense au tricycle abandonné, toujours au sol près de la porte d'entrée.

Avec gaîté les gens annoncent les chiffres séparant dix de la nouvelle année.

Emma reste muette et se met à trembler.
Quelque chose se joue, elle ne sait pas ce que c'est.

La lumière s'allume. Devant elle, plus rien.
Plus de Romain.
Elle regarde partout, le cherche, se fraie un chemin dans l'espace envahi de gens qui crient, s'embrassent, se prennent dans les bras.
Elle croise Myriam, qui n'a pas vu Romain, Vladimir, qui fume dans le jardin, elle avance en bousculant les convives, des verres se renversent, elle ne le trouve pas, son émotion est vive.
Assommée elle renonce, se ressert du vin.

Un peu plus tard il réapparaîtra, et ne saura pas dire où il était allé.
Il est ivre, il y a beaucoup de monde, il ne verra pas pourquoi elle est troublée comme ça.
Doucement il l'embrassera, la rassurera, lui souhaitera la bonne année.
Emma a paniqué, qu'a-t-elle donc cru par là ?
« Je ne t'aurais pas abandonnée. »

R.

Roxane, assise face à l'orthophoniste, accompagne du regard le doigt de celle-ci alors qu'elle lui présente des planches d'images en relief, d'où s'échappent des sons. Elles se sont installées par terre, parmi une multitude d'autres jouets, dans la pièce qui jouxte le bureau.

Emma n'a pas l'habitude de voir sa fille face à une autre femme. L'orthophoniste, les cheveux blonds, les traits fins, les yeux perçants et noirs, a sans doute à peu près le même âge qu'elle. Roxane regarde-t-elle sa mère avec ces yeux-là ? Emma a soudain l'impression d'avoir été poussée hors de sa propre vie. Elle se dit : voilà comment ma fille regarderait quelqu'un d'autre, voilà comment elle se comporterait si je n'étais plus là, si, pour une raison ou une autre, je disparaissais. Cette idée la fait tressaillir. Roxane semble avoir entièrement oublié son existence.

Emma l'a accompagnée seule, Romain n'a pas pu se libérer. Quand elle a appelé le cabinet pour prendre rendez-vous, on lui a annoncé quatre mois d'attente, mais une place s'est ouverte, un matin très tôt, et Emma a foncé.

L'orthophoniste a demandé à cette mère inquiète de quoi était fait le quotidien de sa fille. Cette dernière, à trois ans, devrait entrer bientôt en première année de maternelle. Est-elle actuellement en crèche ? Emma répond que non, que c'est elle qui s'en occupe, son travail le lui permet, et de toute façon, comme chacun le sait, les places en crèche à Paris sont quasiment impossibles à trouver, et encore davantage en cours d'année.

À chaque question, Emma éprouve un sentiment qu'elle avait souvent au lycée, puis à la fac, celui de donner les bonnes réponses, justes, concises, sensées, alors qu'en elle-même ça chante faux, mais juste une gamme en dessous et personne ne s'en rend compte.

Roxane fréquente-t-elle d'autres enfants ? Suce-t-elle toujours son pouce ? Est-ce qu'il y a eu un événement familial, décès, séparation ou autre, qui pourrait expliquer ce retard dans l'acquisition du langage ?

Roxane et l'orthophoniste se sont ensuite dirigées ensemble jusqu'à la pièce attenante, pour que la jeune femme fasse passer quelques tests à l'enfant, et Emma, restée sur sa chaise, les a regardées faire ces pas ensemble, main dans la main.

Elle est restée seule dans le bureau. À côté de sa chaise, une autre chaise vide. C'est un bureau agencé pour recevoir deux parents, or Romain n'est pas là, et Emma lui en veut, elle lui en veut de faire se rejouer ici le motif de l'absence. C'est peut-être là qu'on pensera trouver la réponse, dans ce classique des foyers, des salles d'attente et des bureaux des juges, c'est par l'absence de Romain qu'on voudra expliquer les choses, et Emma sait que c'est un leurre, que la vérité n'est pas là.

Depuis dix minutes, sa fille et l'orthophoniste ont simplement l'air de s'amuser ensemble. Emma aime la douceur et la gentillesse de cette femme, ses regards attentifs, intelligents, l'attention bienveillante avec laquelle sa fille est vue. Elle se dit qu'elle a oublié comment se comporter avec Roxane, parce que le manque de mots chez sa fille lui a tant accaparé l'esprit qu'elle ne sait plus la regarder, et encore moins jouer avec elle.

L'orthophoniste revient et se rassoit derrière son bureau, en face d'Emma, en laissant la porte ouverte. Elles peuvent ainsi toutes les deux garder un œil sur Roxane, restée seule dans l'autre pièce. Emma aperçoit sa fille saisir tour à tour une série de jouets. Le *meuuuh* prolongé d'une vache, le tintement d'une dînette, les roues d'une petite voiture et les pièces en bois d'un puzzle viennent rythmer dans une lointaine cacophonie les propos qui suivent :

« Je comprends votre inquiétude, madame. Roxane en effet devrait, à son âge, commencer à parler. Son langage devrait s'étoffer. Pour l'instant je remarque simplement quelques bribes, des syllabes comme *po*, *ta*, *to*, *la*. Le fait qu'elle suce souvent son pouce n'arrange pas les choses. Il faudrait aussi qu'elle soit amenée à échanger avec des enfants de son âge : tout cela accélérerait ses progrès. Si elle a des cousins, des petits voisins chez qui vous pouvez la conduire pour le goûter, par exemple, n'hésitez pas. Mais je n'ai rien remarqué de particulièrement inquiétant, et je suis sûre qu'on va réussir à ce que son langage finisse par émerger. Avez-vous autre chose à me dire ? Sinon, je recommanderais une prise en charge classique : venez me voir une fois par semaine, et faites vérifier son audition chez un ORL. Mais c'est vraiment pour vous rassurer, car elle n'a pas l'air de présenter de signes de surdité, elle a un regard vif, attentif et elle comprend ce qu'on lui dit. »

Emma, soucieuse de ne pas répéter le discours confus qu'elle a tenu à Tessier, explique la situation professionnelle de Romain, le fait qu'il ne parle plus comme avant, qu'il travaille trop, et que Roxane est forcément influencée par ce changement chez son père. Elle évoque aussi la sonnerie du téléphone de Romain, qui retentit si souvent que Roxane s'est mise à en chanter les notes ! Sa fille aura donc fredonné du Beethoven avant de savoir parler.

Mais ce dernier détail ne fait que desservir Emma en amusant l'orthophoniste. Celle-ci réitère ce qu'elle a dit quelques secondes plus tôt, avant d'ajouter qu'il est parfois compliqué pour chaque parent de trouver sa place. « Et puis les pères peuvent avoir tendance à se reposer sur leur femme, surtout si vous me dites que votre conjoint se trouve à un moment charnière de sa carrière. Il ne se rend sans doute pas compte de ce qui pèse sur vous. Je vous comprends. Arrêtez de culpabiliser et ne vous inquiétez pas. »

S.

Romain trépigne depuis la veille au soir. La signature approche. Il a dit plusieurs fois à Emma qu'il n'allait pas avoir le temps de passer l'IRM, et que de toute façon Tessier lui-même leur avait largement fait comprendre que c'était inutile, mais Emma a tenu bon. Elle a été presque contente quand les céphalées sont réapparues, avec, semblait-il, deux fois plus de violence que les précédentes.

Ils venaient de coucher Roxane et allaient se mettre à table. Romain, pour une fois, avait pu embrasser sa fille avant qu'elle n'aille dormir. Restée sur le seuil de la chambre, Emma l'avait regardé, agenouillé devant le lit à barreaux de la petite, dans une obscurité simplement éclairée par la lueur un brin surnaturelle de la veilleuse bleue sur les murs de la pièce. Elle s'était dit que le regard de Romain restait celui d'un père, et cette pensée l'avait rassurée : cela, au moins, n'avait pas changé.

À peine s'est-il assis face à elle, à l'autre bout de la table en bois, qu'il fronce les sourcils. Il n'a pas encore touché au velouté d'asperges, sa cuillère se tient toujours en suspension au-dessus du liquide vert — d'un vert éclatant. Il laisse tomber le couvert dans l'assiette creuse. Emma suit des yeux la trajectoire d'une goutte, qui vient gicler sans bruit sur le plastron de sa chemise.

« Qu'est-ce que tu as ? »

Et Romain de répondre : ça recommence. Ils reviennent. Les maux de tête. Il en parle comme d'êtres vivants. Leur siège dans son crâne recommence.

« Mais pourquoi ? »

Qu'est-ce qu'il en sait, de pourquoi ! Elle en a, de ces questions ! Romain repousse son assiette, dans laquelle tremble le velouté — en cette fin janvier, ce n'est pas encore la saison des asperges, est-ce pour cela que le liquide est d'une telle couleur, si vive qu'elle ne peut être qu'artificielle ? Romain, accablé, prend sa tête dans ses mains. Emma a de la peine pour lui. Elle se lève et l'entoure de ses bras, mais il la repousse avec une douceur ferme : il ne faut pas le toucher, il a trop mal.

« Qu'as-tu fait aujourd'hui ? Qu'est-ce qui aurait pu déclencher ces maux de tête, d'après toi ? »

Rien, rien, répond Romain d'une voix faible, la signature approche, c'est tout, la pression a encore monté, et ils ne peuvent pas commettre d'erreur qui compromettrait la fusion. Si le gouvernement l'apprenait, ce serait des mois de travail en l'air : exit les Coréens, Bercy réclamerait un appel d'offres, ce serait l'horreur ! C'est maintenant que ça pourrait fuiter depuis l'interne : au dernier moment. Il ne peut faire confiance à personne.

Comme s'il vivait, en parallèle, une lutte intérieure, Romain ajoute, les paumes toujours collées contre ses tempes, les paupières serrées, que lui-même a *déconné* la semaine dernière, il a laissé passer une erreur de com' sur les réseaux, rien de dramatique mais il s'est quand même pris une réflexion, entre deux portes, de la part du boss de L'Entreprise. Dite avec courtoisie, certes, l'air de rien, mais réflexion tout de même. Avec tout ce qu'il *investit* dans son travail depuis trois mois, comment peuvent-ils douter un instant de son *engagement*? Emma tente de passer outre ce qui continue d'émaner de son mari en dépit de sa souffrance extrême. Elle lui assure que ce n'est pas grave : ce qui circule sur les réseaux a une durée de vie de quarante-huit heures tout au plus, même pour les gros scandales, un *tweet* en remplace un autre, tout le monde le sait, et sur internet on ne cesse de renaître de ses cendres.

Mais Romain semble avoir cessé de l'écouter. Il se lève d'un bond, comme sur une impulsion, mais à la seconde suivante il a l'air de regretter ce mouvement brusque, qui vient décupler sa douleur au crâne. Il vacille et dit qu'il a le tournis, avant de poser sa main contre le mur. Emma veut l'aider, mais il la repousse de plus belle. Le dos courbé, son autre main sur son front, il amorce des pas fébriles vers la salle de bains. Quand il l'atteint, Emma l'entend ouvrir l'armoire à pharmacie et y chercher quelque chose avec fracas. Il fait un effort pour hausser la voix, et lui demande s'il est contre-indiqué de prendre deux Doliprane 1000 d'un coup.

Un silence s'ensuit. Il a arrêté de fouiller parmi les boîtes d'antalgiques et attend la réaction de sa femme. Il ne se passe plus rien pendant deux, trois secondes. On entend le ronronnement du frigo. Emma n'en a pas la moindre idée. Elle voudrait lire la notice.

Sans doute insatisfait de sa réponse, Romain quitte la salle de bains, va ouvrir le frigo et en sort une bouteille d'eau minérale. Il y boit à même le goulot après avoir ingéré les deux cachets oblongs. Puis il se baisse et attrape un yaourt nature, qu'il mange à toute vitesse, probablement par habitude, pour protéger son estomac du paracétamol.

Il fut un temps où Emma aurait sans doute été vexée qu'il sollicite ses conseils pour agir ensuite à sa guise, sans même faire semblant de prendre son avis en compte, comme s'il le lui avait demandé par acquit de conscience, politesse ou réflexe. Aujourd'hui, elle n'en est plus là. Elle n'en est plus à se vexer.

Romain, un peu pâle, change une nouvelle fois d'espace. Il se rend au salon pour s'allonger sur le canapé. Ses yeux se ferment. Elle se demande pourquoi il ne va pas directement au lit, mais ne s'en enquiert pas et se met à débarrasser en silence. Il est vingt et une heures. Quelque chose plane dans l'appartement. Aucun son n'arrive depuis la rue en cette fin janvier, en cette période de l'année où les fêtes sont achevées et les beaux jours encore loin. Emma a toujours détesté cette longue parenthèse, ces mois interminables du début d'année où l'on attend la lumière, où il n'y a plus rien à fêter, où ce n'est plus Noël et pas encore l'été.

Elle fait disparaître les traces de leur dîner non consommé, allant et venant dans ces mètres carrés où son mari et sa fille sont tous les deux allongés, si proches l'un de l'autre, le premier en lutte avec un mal invisible, la seconde probablement égarée dans des rêves d'enfant légers comme la brume à l'aube. Leurs respirations se sont-elles accordées d'elles-mêmes ? Inspirent-ils, expirent-ils sur le même rythme malgré leurs états contraires ?

Après avoir fait place nette, Emma va voir Romain, toujours prostré sur le canapé. Elle le surplombe et le regarde respirer. Elle aimerait trouver sur son front les marques du combat qui se joue à l'intérieur en ce moment même, et qu'elle voit comme la lutte saine d'un corps aimé contre une force obscure. Ces maux de tête sont la réaction instinctive d'un organisme qui rejette un élément étranger, elle en a la certitude. Ils sont comparables à la fièvre qui assiège un système immunitaire pour l'aider à se battre contre un virus. Un médecin lui avait dit qu'il est parfois souhaitable de la laisser monter, justement, pour qu'elle fasse son travail, au lieu de s'évertuer à la neutraliser sur-le-champ à coups de molécules chimiques. Romain a-t-il bien fait de prendre les Doliprane ? Peut-être aurait-il fallu au contraire laisser les céphalées progresser.

Emma l'entend dire qu'il va passer l'IRM. Elle a gagné. Il abdique. Pendant qu'il parle, ses yeux ne se sont pas rouverts.

Alors qu'elle se tient toujours au-dessus de lui, elle a soudain la vision d'un grand drapeau blanc en train de tomber sur le corps de Romain, au ralenti, pour venir le recouvrir entièrement.

T.

On lui a dit d'attendre. Les portes battantes se referment sur le brancard de Romain, et restent ensuite collées l'une à l'autre par un caoutchouc marron qui fait office de ventouse.

De l'autre côté du mur, des sons, des signaux, des machines commencent à s'exprimer, dans une cacophonie où certains trouvent du sens quand Emma n'entend que du bruit.

Puisqu'elle n'a pas le droit d'entrer, elle imagine. Elle voit Romain allongé devant les médecins. Il est en chemise d'hôpital mais il pourrait aussi bien être nu, pour cet examen qui va mettre au jour — enfin ! — son cerveau, et qui va révéler à tous, y compris à elle-même, les mécanismes de ce qui s'y joue.

Hier, elle a fait des recherches sur internet, elle a appris ce qu'était l'aire de Broca, située dans l'hémisphère gauche du cerveau, là où se trouvent les facultés de langage, et elle imagine cette partie-là du cerveau de Romain envahie par une matière noir carbone. Peut-être les médecins pourront-ils, grâce à la technologie dont ils disposent, extirper cette matière comme on tirerait avec une pince sur du coton hydrophile, délicatement, et le cerveau de Romain pourrait-il ainsi reprendre vie et se remettre à sa bonne place, à l'intérieur de son crâne, enfin purgé de cette substance noire, qui, à l'instar d'une tumeur, l'a colonisé pour lui ressortir par la bouche.

La technologie des médecins serait alors de taille contre celle de L'Entreprise — une technique contre une autre, après tout c'est de bonne guerre, se dit Emma, qui a entre les mains le smartphone de Romain, que ce dernier lui a remis ainsi qu'il lui aurait confié la clé d'une crypte. Elle a cessé de compter le nombre de messages et d'appels en absence qui se sont succédé sur l'écran en seulement vingt minutes.

En ce moment, quelqu'un dit sans doute à Romain de ne pas bouger. De rester calme. De respirer en comptant jusqu'à dix. Et de recommencer.

Son corps tant désiré, tant manipulé par les mains d'Emma et des autres femmes avant elle — toutes celles qui ont voulu le posséder, en pensant naïvement que posséder son corps c'était accéder à son mystère —, le corps de Romain est à présent maintenu en place par les mots de la science. Son mètre quatre-vingt-six se trouve désormais à l'horizontale, lui qui tant de fois s'est élevé au-dessus d'elle pour lui parler, l'invectiver, l'embrasser, la plaquer contre un mur avant de soulever sa robe et de lui faire l'amour, tandis que dans la pièce d'à côté une fête battait son plein. Combien de fois a-t-elle levé les yeux pour rencontrer les siens. Combien de fois ses pieds se sont-ils hissés sur leur pointe pour aller chercher sa bouche, tenant en équilibre sur leur gros orteil, tant Romain la dépasse — vingt centimètres, c'est beaucoup —, et l'embrasser alors c'était se tenir sur le bord d'une falaise.

Pendant qu'avec lenteur le corps de Romain s'achemine le long d'un tunnel blanc, qu'il glisse inexorablement vers un espace réduit où il ne pourra plus faire un geste, où il sera obligé d'obéir et de fermer les yeux, Emma pense à son amour pour lui et ferme les yeux aussi.

Elle va là-bas en même temps que lui, dans le couloir étroit de la machine d'IRM, elle aimerait que Romain sente, dans ce lieu clos, que son amour l'envahit par bouffées, et s'il n'a plus le droit de bouger au moins peut-il toujours respirer. Doucement, jusqu'à dix — alors qu'il inhale bien lentement l'amour d'Emma à l'intérieur du sas blanc, où, à fréquence régulière, un signal s'est mis à retentir. Mon amour il aura donc fallu t'enfermer pour que tu te tiennes sage. Pour que tu m'écoutes.

À présent, la lumière blanche de l'IRM parcourt le visage de Romain. Il a toujours les yeux fermés, comme s'il flottait dans un rêve calme. Le néon blafard éclaire sa peau d'homme de trente-cinq ans, ses rides, qui s'installent peu à peu au coin de ses yeux, de sa bouche, et sur son front, le papier ratifié de toutes ses émotions. Voici un homme qui s'est énervé, a réfléchi, ri, pleuré, et qui parfois n'a pas su parler. Trente-cinq années de vie sur un visage aimé. Emma voudrait embrasser follement Romain à cet instant et lui dire de revenir. Elle regrette ses dernières pensées, elle ne voulait pas l'accabler ainsi, le soupçonner comme ça, elle en est désolée — elle se dit tout cela, bien que ses idées n'aient jamais quitté son for intérieur, mais peut-être Romain, tout de même, les a-t-il senties, peut-être a-t-il vécu son manque de confiance comme une trahison. Emma s'en veut, avec Romain à présent dans ce lieu qui ressemble de plus en plus à un sarcophage, elle se dit qu'elle n'y a pas cru suffisamment, il y a eu chez elle déficit de croyance, or l'amour c'est un pacte qui se fendille lorsque l'autre commence à douter, c'est une foi qui tient à presque rien, et Emma n'a pas été assez forte. Peut-être a-t-elle trop projeté sur lui son propre manque d'inspiration. Elle est incapable d'écrire, et en conséquence elle a préféré accuser les mots de Romain plutôt que les siens. Elle se trouve lâche.

Et pourtant, au plus profond d'elle-même, elle ne peut pas nier ce qui s'est passé à Aix-en-Provence cette nuit-là, ce regard comme un cri, elle n'a pas oublié, et elle ne trouve aucun sens à cela, aucune porte de sortie. Elle aimerait presque se dire, comme pour le reste, qu'elle a inventé ce moment, elle voudrait être une romancière ayant affabulé, mais il n'en est pas question. Alors elle l'enterre, elle aussi devra vivre avec de la matière noire — car après tout pourquoi Emma devrait-elle être épargnée dans cette histoire ?

La stridence de l'IRM s'est arrêtée. Romain ferme toujours les yeux. Elle le sent. La lumière s'est éteinte. Pendant quelques secondes il s'est retrouvé dans le noir, couché sans bouger dans les entrailles de la machine. Elle pense soudain aux derniers mots de Victor Hugo avant de mourir, *je vois de la lumière noire*, elle a toujours été fascinée par cette phrase, six mots qui l'avaient aimantée, hypnotisée, sans qu'elle ne comprenne pourquoi, comme une formule magique opérant à chaque fois.

Elle entend le coulissement de l'appareil, Romain qui revient à l'air libre et parmi les vivants. Maintenant ils devront attendre le résultat et son interprétation par des *sachants*. Romain est-il inquiet ? Tout à coup elle ne sait plus ce qu'il pense, alors qu'elle était avec lui depuis le début. Maintenant que c'est fini, qu'il est à l'extérieur, elle le perd à nouveau.

Il ressort cinq minutes plus tard, rhabillé, calme. Le regard droit. Il réclame son téléphone. En le lui tendant, elle l'embrasse comme on vérifie quelque chose.

Sa langue a le même goût que d'habitude. Emma, comme chaque fois, s'est hissée sur la pointe des pieds. Elle se tient en équilibre sur son gros orteil pour l'embrasser longtemps. De l'autre côté, elle le sait, il y a le précipice.

U.

L'écran bichromatique de l'ordinateur affiche une zone blanche. C'est le cerveau de Romain.

Ils ont attendu pendant une heure d'être reçus pour l'interprétation de l'IRM. Autour d'eux, des gens qui étaient là pour des raisons inconnues, mais tous pour faire examiner leur corps, pour trouver ou comprendre les causes d'une défaillance. À trois mètres d'Emma, une enfant lisait un livre. Attendait-elle quelqu'un ? Ce pourrait être sa fille dans quatre ou cinq ans. Que dirait-on à Roxane si son père se découvrait atteint d'une maladie grave ?

Romain à côté d'elle avait pris trois appels. Il contenait au mieux le volume sonore de sa voix en donnant à son assistant des directives pour la réunion de quinze heures. Il ne paraissait nullement inquiet du résultat de l'examen, et ses déambulations avec ses écouteurs sans fil transformaient virtuellement chaque espace en lieu de travail. Emma avait gardé les yeux sur la porte du bureau, derrière laquelle les patients disparaissaient tour à tour.

À présent, une main posée sur une souris, dirigée par un poignet mobile, dessine des traits sur l'écran.

Le médecin a fait pivoter l'ordinateur vers eux. Au dos de la machine, les câbles noirs qui y sont connectés se tordent avant de plonger contre le mur, pour disparaître dans une béance derrière le bureau.

Le cerveau de Romain est maintenant visible, compréhensible pour qui sait l'interpréter. Dix minutes de radiations ont suffi pour qu'il s'exhibe aux yeux de tous sur un écran plat, Emma en serait presque agacée. Et bientôt ses espoirs s'évanouissent : Romain n'a rien, tout va bien, leur assure le médecin. Nulle tache blanche ne parasite son cortex. Aucun des différents lobes — pariétal, occipital, temporal, ou frontal — ne présente la moindre anomalie.

« Et l'aire de Broca ? »

Emma a laissé échapper cette question et la regrette sur-le-champ. Son visage s'empourpre. Romain la regarde avec circonspection : de quoi parle-t-elle ? Le médecin, lui, s'en amuse. L'aire de Broca, répond-il, semble tout à fait normale. En disant ces mots, il la localise d'un geste sur l'écran, dans l'hémisphère gauche du cerveau.

S'adressant à Romain, il ajoute ensuite sur le ton de la blague : vous ne confondez pas vos voyelles, n'est-ce pas monsieur ? Sa plaisanterie tombe à plat, ne rencontrant chez Romain qu'un air d'incompréhension.

Le médecin poursuit : les céphalées, quant à elles, sont sans doute dues au surmenage ou à la fatigue. C'est généralement le cas. Ou bien peut-être Romain devrait-il faire examiner ses yeux, car les maux de tête peuvent surgir à cause d'une fatigue oculaire. Travaillez-vous beaucoup sur écran en ce moment ?

V.

Emma se remet en route vers l'appartement. Romain ne peut pas l'accompagner : il doit prendre un VTC pour choper la réunion de midi. L'examen a duré plus longtemps que prévu. Avec un peu de chance, le périph' roulera bien à cette heure-ci.

Il commande un véhicule sur son téléphone. Elle a insisté pour attendre avec lui, au lieu de repartir tout de suite en métro. Il tient encore ses résultats sous le bras, dans une immense enveloppe, blanche et rigide, qu'Emma attrape un peu trop vivement sous prétexte de l'en débarrasser tandis qu'il termine de compléter son adresse de départ.

La réponse se trouve quelque part entre lui et l'enveloppe. Il faudrait qu'elle lui parle enfin, qu'elle ait le courage de lui dire ce qui se passe. Le VTC n'arrive que dans sept minutes. Le temps de préparer le terrain pour une conversation.

Mais avant qu'elle n'ouvre la bouche, Romain la remercie. Elle reste stupéfaite. Il lui dit que lui non plus ne comprend pas la raison de ces céphalées, qui ne sont pas normales, et que si l'IRM ne leur a pas donné de réponse, ça ne veut pas dire qu'il n'en existe pas. Emma tente de ne pas perdre ses moyens devant ces paroles inattendues. Elle lui demande timidement, pleine d'espoir : mais alors, tu es inquiet aussi ? Et moi qui avais l'impression d'avoir dû te traîner chez Tessier, et là à l'IRM...

Romain lui répond qu'il sait que tout ça est lié au boulot. C'est sans doute du surmenage, de l'anxiété, peut-être même qu'il est au bord du *burn-out*. Il n'est pas idiot, il est capable de faire le lien entre le pic de stress qu'il subit depuis qu'il a accepté cette mission et ces maux de tête violents qui lui tombent dessus comme un châtiment. Et puis il voit bien qu'Emma et lui s'éloignent, il en est désolé et promet de se rattraper. Il suffit que tout le monde file droit jusqu'à la signature, et tout ira bien. Il dit *je te promets*. Des mots qui ne valent que par eux-mêmes, songe Emma, comme lorsqu'il dit *je t'aime*, des mots qui appellent une croyance. L'a-t-elle encore ?

Tout ce que dit Romain est vrai et en même temps tombe à côté de la vérité, comme si quelque chose en lui avait adroitement calibré ses propos pour créer une version falsifiée de la réalité. Bien sûr que les céphalées sont dues au stress. Bien sûr qu'ils s'éloignent. Évidemment qu'il est proche du *burn-out*. Comment le contester ?

Pendant qu'il parlait, elle a observé ses lèvres bouger, de la même façon qu'autrefois, enfant, elle contemplait les marionnettes de Guignol, animées par la voix d'un homme invisible, qu'elle imaginait tapi dans l'ombre ou derrière le carton-pâte d'un décor miniature. Qui tire les ficelles à présent ? Qu'est-ce qui s'est emparé de Romain pour lui faire dire presque ce qu'il fallait, comme si par là il s'était assuré qu'Emma n'ait aucune légitimité à le quitter ? Si elle le faisait, il pourrait dès lors argumenter qu'il avait été honnête avec elle, qu'il avait pleinement conscience de leur situation, et alors ce serait elle qui passerait pour intolérante ou même folle.

La tête d'Emma commence à lui tourner, et soudain elle ne voit plus que ça, là devant elle, dans la rue, ne voit plus qu'un homme qui ressemble à Romain mais dont le visage et le corps sont une façade de papier, un trompe-l'œil réalisé par un tiers. De la belle œuvre. On y croirait presque, mais celui qu'elle connaît est parti, et à présent c'est volontairement qu'Emma ne veut plus l'entendre dire tout ce qu'il faut avec les mots qui conviennent. Elle se demande comment l'être en face d'elle réagirait si elle faisait tout à coup quelque chose d'imprévu, qui serait hors du programme. Si elle commençait à courir, à chanter, à enlever ses vêtements, ou même à le frapper avec ses poings. Que se passerait-il ? De la fumée se mettrait-elle à sortir des oreilles de Romain ?

Le VTC arrive. Emma sort alors de sa torpeur, tous les sons extérieurs lui reviennent. Romain se coule dans le véhicule et lui dit à ce soir. Quand il le fait, il regarde droit devant lui, comme s'il ne voulait pas risquer un dernier échange de regards. La porte se referme en un claquement et la voiture démarre.

Emma reste sur place. Par la fenêtre arrière elle distingue ses cheveux bruns, avec leur épi récalcitrant, sous lesquels se trouve un cerveau qui lui demeurera inaccessible. Sans bouger, elle attend que Romain s'éloigne d'elle.

W.

Tout cela n'est-il que le résultat d'une incompréhension ? À l'instar d'un grand nombre de couples, il est possible qu'Emma et Romain, tout simplement, ne s'entendent plus.

Elle n'aurait, à ce moment-là, plus qu'à faire ses bagages, en réclamant — ou plutôt en imposant — à Romain ce fameux *break* qu'on peut prendre avant de se séparer pour de bon.

Elle va chercher Roxane chez la voisine et donne à la petite son déjeuner. Alors que sa fille se balance sur sa chaise haute, Emma récupère un sac de voyage en haut de la penderie. Elle fait ces gestes avant tout pour les sortir d'elle-même. Pour qu'ils ne restent pas pliés à l'intérieur. Elle ignore encore quelle intention y mettre.

C'est un besoin pour Emma que d'ouvrir le sac en toile, d'y glisser des chemises, des sous-vêtements, ainsi qu'une trousse de toilette, dans laquelle elle n'entasse que des échantillons. Des échantillons, Emma ? Mais où pense-t-elle aller ? Dans quel but ce sac improbable est-il assemblé ? Des échantillons comme pour un week-end en amoureux, vraiment ? Ne faudrait-il pas plutôt prendre avec soi des flacons entiers de crème et de parfum, et sans pour autant songer à quitter réellement Romain, du moins pas encore, au moins aller jusqu'au bout de l'illusion, assumer l'idée d'un départ, et par conséquent prendre *vraiment* des affaires, au lieu de réunir au pied levé ces bagatelles évocatrices d'une virée sur la Côte d'Azur ?

Et Roxane, qu'en faire ? L'emporter sous le bras comme un baluchon ?

Romain à son retour trouverait la maison vide. Il ferait nuit depuis longtemps déjà. Il ne comprendrait pas l'absence, mais sans doute se coucherait-il quand même, trop fourbu par sa journée, et trouverait-il dans un coin de son esprit une raison logique qui l'autoriserait à dormir jusqu'au matin. Oui, il s'endormirait, pense Emma. Il ne chercherait pas plus loin. Par acquit de conscience, il l'appellerait sans doute sur son portable, une ou deux fois, mais en tombant sur sa messagerie il se mentirait en se disant que sa femme et sa fille, pour une raison quelconque, étaient allées dormir chez Cédric. Il faudrait à Romain sept bonnes heures de sommeil avant de pouvoir affronter la réalité d'une séparation.

Le sac en toile est à présent rempli d'affaires hétéroclites qui, à défaut de suggérer la destination d'Emma, attestent de sa confusion. Quelles chaussures emporter ? Des baskets ? Pour aller courir où ? Ou bien des bottines à talons ? Mais celles-ci ne se révéleront-elles pas affreusement handicapantes quand il s'agira d'arpenter les transports en commun à la recherche d'une garde pour Roxane ? Car oui, sans surprise, quitter Romain entraînerait aussi, pour un temps au moins, l'abandon de son écriture. Si en ce moment Emma n'écrit pas, c'est faute de courage, mais ses conditions matérielles lui permettent de s'y consacrer sans avoir à gagner *sérieusement* sa vie. Tout cela changerait si elle se séparait de Romain. Pourquoi se mentir ? Bien sûr, son entourage l'aiderait, l'hébergerait, mais avec un enfant à charge elle serait bien obligée de trouver du travail. Or, dans la vie réelle, elle ne sait rien faire, ou si peu. Elle ne sait qu'écrire — et encore, ces derniers temps elle en a été incapable. Emma parle couramment anglais, mais ne maîtrise aucun logiciel en dehors de Word. Il faudrait qu'elle suive une formation.

Insensiblement, l'écriture s'éloignerait d'elle pour passer à l'état de sanctuaire, de lieu béni auquel on ne touche plus, qu'on observe désormais à distance, blanc et figé dans la lumière de l'hiver. Une abbaye gelée au milieu des montagnes. À son tour, elle tournerait le dos à un monument en laissant la clé sur la porte.

Roxane gesticule sur sa chaise et s'est mise à pleurer. Emma l'attrape sous les aisselles, la pose à terre. Elle s'accoude sur l'îlot central de la cuisine et regarde sa fille parcourir l'appartement à petits pas de soldat, en tambourinant des pieds sur le parquet. Elle a l'air de chercher quelque chose. En passant près de sa mère, Roxane tire sur un pan de sa chemise, et chaque fois qu'elle le fait Emma a l'impression que la petite fait sonner une cloche pour l'avertir de l'imminence d'un délai. Les pieds de Roxane heurtent soudain le sac en toile, resté ouvert au milieu du salon, obstacle que l'enfant commence à contourner avant de sauter par-dessus à pieds joints.

Emma la regarde faire, soulagée que sa fille soit trop jeune pour percevoir l'hérésie de ses faits et gestes. Mais tout de suite après, elle se dit : bien sûr que Roxane voit, et bien sûr qu'elle comprend, sinon pourquoi se serait-elle murée dans le silence ?

À cet instant, Roxane, comme pour appuyer les pensées de sa mère, se met à vider le sac en toile. Emma ne savait pas quelle décision prendre, c'est sa fille qui la prend pour elle. Ses mains potelées disparaissent à l'intérieur du sac pour s'emparer des vêtements et les jeter sur le parquet sombre, où ils viennent s'étaler.

Comme des oiseaux en vol, les chemises en soie d'Emma — qui compte sans doute, dans ses fantasmes de voyage, un séjour au bord d'un lac dans un grand hôtel suisse — déploient leurs manches sur les chevrons du parquet. Avec des gestes vifs, précis, presque gourmands, Roxane exhume ensuite du sac la trousse de toilette matelassée, en ouvre la fermeture éclair et la vide sur le sol. Dans une pluie musicale, les flacons d'échantillons s'entrechoquent et y roulent un peu partout. Certains vont buter contre les pieds d'Emma, qui se tient toujours debout près de l'îlot. Elle ramasse un flacon de parfum et le respire. De la fleur d'oranger. Elle ferme les yeux pour mieux sentir cette odeur qui aurait pu devenir celle d'une nouvelle vie, trois gouttes de parfum qu'on tapote derrière l'oreille avant d'ouvrir les battants d'une porte-fenêtre donnant sur un lac — ou sur la mer, une colline, une vallée, n'importe quel paysage, en fait, aurait fait l'affaire, tant qu'il n'aurait pas été celui qu'elle voyait tous les jours depuis le quatrième étage. Roxane maintenant s'amuse à marcher avec les bottines d'Emma, qui lestent chacun de ses pas, bottes de sept lieues que l'enfant assume un temps avec vaillance comme dans l'acceptation d'une responsabilité trop grande.

La petite aurait pu mettre l'appartement à sac, Emma n'aurait rien fait. Pensivement, elle recueille une goutte de fleur d'oranger et se l'applique à l'intérieur du poignet, avant de le frotter contre l'autre. Elle se fait la réflexion qu'elle joindrait les mains de la même façon si on lui mettait des menottes.

Le sac est vide à présent. Roxane s'en est désintéressée pour partir jouer ailleurs.

Les membres ankylosés, Emma s'agenouille pour le replier. Alors qu'elle fait ces gestes, elle peut sentir, depuis le creux de ses poignets, des effluves de fleur d'oranger.

X.

Désormais à la croisée des chemins, Emma choisit l'espoir.

La médecine lui a donné tort, et c'était son dernier recours. Elle téléphone à Myriam pour lui annoncer les résultats de l'IRM de Romain — Vlad et elle étaient très inquiets — et quand Emma achève de parler, Myriam lui demande : mais alors pourquoi tu n'as pas l'air soulagée ?

Myriam a raison, il faut arrêter. Emma doit cesser d'espérer que l'homme qu'elle aime soit atteint d'une maladie grave afin de pouvoir donner un sens à ses propres délires.

Roxane continue son babillage, mais Emma a maintenant l'impression d'y repérer des morceaux de syllabes. Aucun mot, bien sûr, ce serait trop beau, mais une répétition plus soutenue de certains sons, avec une préférence pour les *b*. *B*, c'est très proche de *P*. Elle répète à Roxane des mots simples et courts, mais la petite semble se retenir de l'imiter pour le malin plaisir de voir sa mère suspendue à ses lèvres. Roxane, en bref, se fait désirer.

Romain depuis une semaine a pris l'habitude de se lever plus tôt. Il n'a même pas besoin de mettre le réveil : Emma l'entend sortir du lit à la même heure chaque jour, six heures cinq précisément. Comme réglé par une horloge interne, il repousse la couette, va trois minutes dans la salle de bains, puis part s'enfermer dans son bureau. Elle honore sa promesse en n'allant pas le déranger.

Vers sept heures moins le quart, elle se lève à son tour, enfile son gilet, passe dans la cuisine et presse les boutons qui déclenchent les odeurs du foyer : celui du café, celui du pain grillé, et enfin celui de la radio, appareil toujours obéissant dont émanent alors des nouvelles du monde.

La porte du bureau reste fermée pendant une heure, mais il n'est pas difficile de deviner ce qu'y fait Romain, chaque matin, depuis maintenant une bonne semaine. Les taches bleues et jaunes qui maculent le lavabo de la salle de bains, où il se lave soigneusement les mains après ce rituel, en témoignent pour lui. Romain s'est remis à la peinture. Il a renoué avec le bleu. Emma se rappelle leur conversation, ou plutôt son monologue, au dîner avec Vlad et Myriam, qui lui paraît si loin à présent.

Interdiction formelle de voir son travail — mais il n'a pas eu besoin de se répéter. Il sait qu'Emma n'a pas oublié sa promesse. Elle aime qu'ils n'aient pas à en débattre : par anxiété et par habitude, tous les couples se répètent inlassablement les mêmes choses, du plus anodin au plus grave, mais de ça au moins Emma et Romain sont sûrs, comme si ce serment avait scellé quelque chose entre eux. Elle ne verra le résultat qu'une fois la toile achevée, c'est une chose entendue. Et ce n'est pas leur enfant d'à peine un mètre de hauteur qui, par erreur, tournerait la poignée de la porte pour dévoiler avant l'heure les travaux de son père.

Le bureau, graduellement, prend des allures de pièce interdite. Emma n'y fait même plus le ménage. Elle pense à Barbe-Bleue, à tous ces cadavres d'épouses cachés derrière une porte close, et se rappelle à quel point ce conte l'avait tourmentée quand elle était enfant. Ce qu'il signifiait sur la confiance, sur l'intimité. Emma s'était demandé, petite fille, ce qui était pire : ces épouvantables crimes ou bien la trahison qui les avait mis au jour, le fait que la nouvelle compagne de Barbe-Bleue ait rompu sa promesse et ouvert la porte défendue. Sa mère l'avait grondée quand elle lui avait posé la question : comment Emma pouvait-elle mettre une indiscrétion sur le même plan que les assassinats de ces pauvres femmes ?

Cette dissimulation, cette porte fermée, pareille à un non-dit, ne la dérangent pas cependant, ne l'inquiètent pas — au contraire, Emma se surprend à être envahie par un sentiment délicieux, apaisant, comme si se trouvait là leur dernier lieu d'intimité, l'endroit où leur couple s'était retranché, comme si ce bureau momentanément hors d'atteinte était désormais investi de toute la confiance qui subsistait entre eux.

Emma est heureuse de ne plus pouvoir entrer dans cette pièce et se surprend à sourire quand elle passe devant. Elle essuie à l'éponge les traces bleues et jaunes

— ces deux couleurs, toujours — qui restent sur le lavabo après le départ de Romain.

L'Entreprise le happe encore chaque jour, mais plus pour longtemps, et cette heure qu'il lui vole tous les matins est comme une avance sur sa liberté. Emma en oublierait presque les mots qui continuent de sortir de la bouche de son mari. Elle tente à présent de les voir comme un dommage collatéral, une langue moribonde qui rendra son dernier souffle quand la signature sera passée et qu'ils reprendront une vie normale.

Y.

Un soir, après avoir couché Roxane, elle s'aperçoit qu'il a fait jour plus longtemps. La nuit est tombée plus tard aujourd'hui, la différence lui semble flagrante, et pourtant ce n'est que la mi-février.

C'est la Saint-Valentin. Elle avait oublié. Non que cette date soit importante pour elle, mais Romain, curieusement, a toujours aimé la fêter. Il entraînait Emma au restaurant, l'emmenait danser, chaque année ils sortaient quelque part. Même quand, autour d'eux, la ville s'était retrouvée figée par un couvre-feu, Romain avait su esquiver les directives pour trouver quelque chose à faire, un endroit où aller.

Quand les lieux publics avaient fermé, cet hiver-là, et que Paris retenait sa respiration glacée par peur de la contagion, Romain avait eu la lubie de louer une voiture — en bons citadins, ils n'en possédaient pas — et d'emmener Emma quelque part pour la Saint-Valentin. Lui-même ignorait où : ils avaient roulé. Roxane n'était alors qu'une envie dans leur tête, une vision commune dont ils avaient d'abord parlé avec précaution, pour finir par conjuguer peu à peu leurs phrases au futur.

Mais ce soir-là ils n'étaient pas dans l'avenir, leur histoire ne s'écrivait qu'au présent de l'indicatif, et même en temps de pandémie, alors que le pays entier suffoquait sous les masques, tout leur appartenait, à Emma en tout cas, puisqu'elle était assise dans une voiture avec Romain à côté d'elle.

Ils avaient donc roulé, traversé la place de la Bastille, vide, avec la colonne plus immobile encore qu'à l'accoutumée, et Emma avait levé les yeux pour la voir tourner au-dessus d'elle de l'autre côté de la vitre, l'image prémonitoire d'un avenir, sans doute, seulement elle ignorait lequel.

Ils avaient tracé leur route dans la ville déserte. Romain avait allumé la radio avec hésitation, il ne savait pas si Emma avait envie d'une bande-son pour cette errance nocturne, mais des yeux elle avait dit oui et ils s'étaient souri. Ils avaient décidément envie des mêmes choses en même temps, c'était possible, serait-ce comme ça toute la vie ?

Nulle publicité n'était parvenue à leurs oreilles pour perturber ce temps de latence dans leur histoire, ce soir muet et libre où ils n'avaient rien d'autre à faire qu'à rouler dans leur ville, avec des chansons des années 2000 qui se succédaient dans l'habitacle sans la voix d'un animateur pour les commenter.

Depuis ses quais vides, ses Opéras vacants, ses réverbères restés allumés comme le plafonnier d'une maison quittée à la hâte, la ville semblait observer avec une incompréhension mêlée de respect ces deux fous qui trouvaient amusant de passer la Saint-Valentin à la parcourir, alors que ses habitants l'avaient quittée pour la campagne ou s'y étaient barricadés avec le chauffage à fond.

Avaient-ils parlé, ce soir-là ? De quoi ? Emma, qui à présent s'est mise malgré elle à attendre Romain, la joue collée contre la fenêtre du salon, ne se souvient pas. Ils n'avaient peut-être rien dit, peut-être avaient-ils simplement continué à consommer de l'essence jusqu'à vider le réservoir.

Vers une heure du matin, Romain s'était engagé sur le périphérique, puis avait bifurqué sur l'autoroute. Elle ne savait pas où ils se dirigeaient. Avait-il eu l'idée de l'emmener faire un séjour improvisé ?

Non, Romain, une fois sur l'A4, lui avait demandé où elle voulait aller, comme si c'était elle qui avait proposé de prendre la route. Faute de réponse, il avait opté pour le Nord-Est, au hasard. Ils avaient atterri dans un hôtel de Crépy-en-Valois, au milieu de la nuit, dans l'une de ces chaînes où la réception est maintenant automatique. Ils avaient pris une carte magnétique dans le distributeur, s'étaient engagés dans l'escalier extérieur, et Emma avait pensé aux films américains où l'on fait étape dans des motels. Ils avaient terminé la nuit là, sans retirer leurs vêtements, collés l'un contre l'autre au milieu du lit King Size de la chambre. Sans doute s'étaient-ils embrassés.

Quand elle avait ouvert les yeux, Romain n'était plus là. La chambre donnait sur le parking. La voiture de location y était encore garée — elle n'avait pu s'empêcher de vérifier et s'était immédiatement reproché ce réflexe : à quoi s'attendait-elle ? À ce qu'il s'enfuie, alors qu'ils étaient ensemble depuis plusieurs années maintenant et partageaient un appartement ? Ces années de psy n'avaient-elles donc servi à rien, n'avaient donc en rien résolu cette peur panique de l'abandon, une peur qui visiblement ne demandait qu'à refaire surface à la seconde où la main de Romain n'était pas là au réveil pour rencontrer la sienne ?

Emma avait contemplé le parking vide de l'Ibis de Crépy-en-Valois, le point vert de la Twingo de location qui s'en détachait, et les toits irréguliers de la petite ville au loin, encore flous dans la brume de l'aube. Elle s'était dit qu'elle compterait dans sa tête jusqu'à dix, non, vingt, et que si Romain arrivait avant qu'elle n'atteigne ce chiffre, elle cesserait d'avoir peur. Elle lui ferait confiance. Elle l'épouserait, même, s'il le lui demandait — alors que le mariage n'avait jamais rien signifié pour elle, elle ne l'avait enveloppé d'aucune mystification, nourri d'aucune fiction, et par conséquent il ne pourrait pas la décevoir. L'idée du mariage ne risquait pas de se vider, elle ne pourrait que se remplir. Pourquoi pas. S'il demande. S'il demande ce matin je dis oui. Elle se reprochait de recourir une fois encore à la pensée magique, mais déjà le décompte avait atteint quatorze. Quinze, seize, elle tendait l'oreille avec, en contrebas, la Twingo verte sous les yeux. Dix-sept, dix-huit, toujours pas de porte qui s'ouvrait dans son dos, ni de bras chauds autour d'elle, pas de poitrine haletante venue se coller à son épine dorsale. Elle s'était dit : Romain ne reviendra pas à temps. Il vaut mieux renoncer.

À dix-neuf, elle avait senti un baiser dans son cou. La porte n'avait pas fait de bruit, ni les pas de Romain sur le sol de la chambre, dont le revêtement de synthèse ne semblait pourtant guère propice à amortir les déplacements. Mais une respiration chaude était arrivée derrière elle. Autour de ses épaules, tout à coup, il y avait eu des bras. Et un menton, un peu carré, s'était déposé sur sa clavicule. Devant les yeux d'Emma s'était matérialisée une tasse en plastique avec du café, que le pouce et l'index de Romain tenaient par l'anse. Elle ne s'était pas retournée. Elle avait silencieusement remercié la pensée magique de lui avoir accordé son souhait, en se promettant, pour rester sur une victoire, que ce serait le dernier.

Ensemble ils avaient regardé le parking de l'Ibis, sans se parler, épuisés comme au retour d'un grand voyage malgré leur nuit de sommeil. Quand ils avaient enfin échangé un regard, le premier de la journée, Romain avait souri avant de dire : on va se marier, non ? Il avait lâché ça d'un ton léger, comme on suggère une activité agréable et sûre d'arriver, comme on lance, l'été, en plein après-midi : on va se baigner, non ?

Il était revenu avant la fin du décompte. Il avait parlé de mariage. Les signes étaient réunis. La vie enfin se pliait à la fiction. Emma avait dit oui. Et puis, de toute façon, elle l'aimait.

Ce soir aussi, Romain est de retour, sans décompte cette fois — le bruit de la porte fait revenir Emma dans le présent. Il est vingt et une heures, il rentre relativement tôt pour un jour de semaine. Se rappellera-t-il la

Saint-Valentin, lui qui, jusqu'ici, s'en est souvenu tous les ans ?

Il lui dit bonsoir et ouvre son PC sur la table du salon. La diode bleue du *cloud* clignote et se reflète sur son visage tandis qu'il pianote sur le clavier sans prendre le temps de s'asseoir, le dos courbé et le front plissé. Il doit envoyer un dernier mail, désolé il avait oublié, mais essentiel que la *team* lise ça avant neuf heures demain. Elle acquiesce silencieusement, tout en sachant qu'il ne verra pas son signe de tête. Elle attend.

Romain finit par s'écarter du PC en le laissant ouvert. Le *cloud* continue de clignoter, avant de s'évanouir quand l'écran se met en veille, pour afficher ses habituels paysages de synthèse.

Romain sans se baisser enlève ses chaussures. Il ouvre ensuite le frigo, prend une bouteille d'eau, et dans une longue gorgée avale un Doliprane, sans même dire qu'il a mal à la tête, comme si désormais cela allait de soi.

Il vient de parler, mais elle n'a pas entendu. Elle se déconnecte de plus en plus des conversations. À mille lieues de ses interlocuteurs, elle continue de hocher la tête mécaniquement. Le plus souvent, on ne la démasque pas, la plupart des gens n'aspirant de toute façon qu'à l'assentiment général d'un auditoire par ailleurs interchangeable.

Malheureusement pour elle, cette fois-ci Romain a l'air d'attendre une réponse. Il remarque sans doute son égarement, car il répète en souriant :

« Tu veux faire quoi ce soir ? »

A-t-elle cru qu'il avait oublié la Saint-Valentin ?

Elle reste silencieuse. Elle se retient d'être heureuse, elle a peur d'être déçue. Elle ne sait plus faire confiance à Romain, à ce qu'il dit, à ce qu'elle croit qu'il pense. Timidement, elle répond qu'elle aimerait bien voir son tableau, mais il l'arrête tout de suite : la toile n'est pas terminée, mais bientôt, il promet que bientôt, il ouvrira la porte du bureau.

Elle a une idée, tout à coup. Elle se dirige vers la platine qu'ils ont achetée à Londres, un très beau tourne-disque des années 70, « plus bobo tu meurs », avait dit Vlad en se moquant d'eux, et elle attrape un vinyle parmi les dizaines rangés les uns à côté des autres dans le meuble dédié. Roxane dort mais tant pis, on prendra le risque.

Ils ont sommairement classé leurs 33 tours par catégories musicales : jazz, musique classique — assez peu de musique classique —, chanson française, électro — beaucoup d'électro —, et « divers ». C'est vers cette dernière section qu'Emma a orienté sa main, et elle a choisi une pochette au hasard, parce qu'elle ne voulait pas rompre le moment en détaillant trop longuement les titres des vinyles, parce que quand il faut danser c'est toujours maintenant et pas dans cinq minutes. Qui n'a pas connu cette retombée d'énergie devant un rabat-joie qui, sous prétexte de bien faire, plombe subitement une fête parce qu'il s'est piqué de trouver le *meilleur* morceau ?

Elle est tombée sur de la Motown. Quelle chance. Un vinyle des Supremes. Romain la regarde avec un sourire.

Il a déboutonné sa chemise et ôté sa cravate pour libérer son cou. Ses yeux sont d'un bleu profond, pénétrant, il n'a jamais paru aussi concentré. Il a l'air heureux, mais heureux comme on l'est avant un moment important, grave, qui comptera dans une vie. C'est cet air qu'il avait quand Roxane est née.

Emma pose le diamant sur le sillon du disque, et, la tête penchée sur les cercles noirs qui s'y enroulent, a l'impression de se tenir au-dessus des lacets d'une route goudronnée. *Stop! In the name of love* se met à retentir dans l'appartement. Elle sait que leur fille dort, mais cela ne l'empêche pas de monter le volume. C'est plus fort qu'elle. Roxane a le sommeil lourd, mais même si elle se réveille, ce sera un problème à régler plus tard. Emma ce soir ne peut vivre que dans l'instant. Elle en a assez de s'inquiéter, de prévoir. Parfois il faut juste suivre les mouvements du corps.

Elle va rejoindre Romain dans le salon. Il pousse la table contre l'îlot de la cuisine, pour faire de la place. Pendant qu'elle choisissait le morceau, il a bougé les chaises aux extrémités de la pièce. Ils exécutent les mêmes préparatifs qu'avant une soirée où des dizaines d'amis seraient invités. Ils font cela aussi comme un rituel, avec des gestes mesurés, appliqués. Rien de brouillon ni d'aléatoire ne doit venir troubler le déroulement de cette fête-ci.

Les Supremes chantent les paroles qu'on connaît. Les vibrations chaudes du vinyle, ce bourdonnement sourd qui émane de la chanson, semblent arriver pour saturer la pièce d'une matière invisible et dense. Le salon se charge de sons, et Emma et Romain se mettent à danser à l'intérieur. Leurs mouvements sont amples, mais aussi un peu lourds, comme s'ils s'étaient mis à bouger dans un cube rempli d'eau. La grâce est là, mais chaque geste compte. Face à face ils dansent et ils oublient les mots.

Et si leur bouche est entrouverte, à présent ce n'est que pour respirer, ou se voler un baiser au détour d'un refrain. Emma observe le corps de Romain, elle regarde sa bouche désormais limitée à une binarité, celle du silence et des baisers, car son cerveau est au repos, enfin, cette tête qu'elle adore n'a plus besoin de se débattre avec autre chose que le rythme, et encore, ce sont plutôt le squelette et les membres de Romain qui sont mis à contribution. Son esprit n'a plus qu'à suivre. Emma trouve ça beau, et même sage. Elle danse, mais en réalité elle se repose.

Pendant un moment ils se font face, mais bientôt chacun fait le tour de l'autre, ils se placent côte à côte, se frôlent, testent toutes les postures du couple — la complicité, l'antagonisme, l'amitié, et aussi l'entraide quand leurs mains se touchent, et l'ivresse de se comprendre quand Romain fait tourner Emma sur elle-même dans un mouvement innocent, quasiment caricatural, celui qu'on fait avec une enfant apprenant à danser. En tournant ainsi, elle ferme les yeux et se rappelle leur retour dans l'appartement, il y a trois ans, avec Roxane dans les bras. Ce sentiment d'être trois.

Roxane ne s'est pas réveillée, et Emma veut interpréter ce sommeil qui dure comme l'assentiment de leur fille à leur réconciliation.

Le vinyle est joué plusieurs fois. Ils l'ont trouvé en même temps que la platine, à Shoreditch, dans l'une de ces boutiques où il est possible d'acheter en même temps un vélo et du café. Il n'y a que trois chansons sur chaque face, mais ils ne pourraient pas écouter autre chose ce soir, il serait impossible d'imaginer une autre musique.

Vers vingt-trois heures, ils se rapprochent pour danser un slow. Elle ferme les yeux en sentant la respiration chaude de Romain, et ses mains qu'il colle bien à plat sur le bas de son dos. Il murmure quelque chose, ses premiers mots depuis deux heures. Elle a l'impression de réentendre sa voix après un long voyage.

Romain murmure que demain matin, avant de partir, demain matin Emma pourra voir la peinture. Demain c'est le jour de la signature.

Ils vont finalement se coucher, exténués, le corps endolori d'avoir trop dansé. Leurs membres éprouvés de s'être affrontés si longtemps sur des airs de Motown. Emma jette un œil dans la chambre de leur fille et éteint la veilleuse, dont les rayons bleus disparaissent d'un coup, plongeant l'espace dans le noir complet. Juste avant que la lumière ne disparaisse, Emma a vu le visage de Roxane. Paisible, mais aussi plus sérieux que d'habitude. Comme si elle avait grandi.

Étendu sur le dos, Romain dort déjà quand elle se couche. Elle s'allonge à côté de lui, et dans son sommeil il la prend par la main. Elle en est émue. Ils s'endormaient souvent comme ça, avant.

Avec douceur, elle serre la main de Romain, en prenant soin de ne pas le réveiller, juste assez pour qu'il sente les vibrations de sa chair, là où il est parti. Ensuite elle s'endort. D'un sommeil lourd et sans rêves.

Z.

Quand elle se réveille, Romain est déjà levé : à côté d'elle, sa place est froide. Ce matin, elle ne l'a pas senti quitter le lit. Le réveil indique six heures quarante-cinq, il est sûrement en train de peindre, d'apporter les touches finales à son chef-d'œuvre — ça y est, elle se moque déjà, c'est mal, mais c'est de la moquerie affectueuse. Ensuite, comme il le lui a promis, il lui montrera son travail.

Emma se lève sans se presser, comme au lendemain d'une grasse matinée, le corps encore lourd de sommeil, mais aussi courbaturé après cette soirée de danse. Elle se regarde dans le miroir de la salle de bains et se trouve en forme, avec un beau teint, les cernes moins marqués que d'habitude. Ce matin, elle ne se cherche pas de cheveux blancs. Elle se passe de l'eau froide sur le visage, longtemps, et savoure la décharge de fraîcheur sur son front, ses pommettes, en associant cette sensation à celle d'une matinée en haut des pistes de ski, quand on glisse pour la première fois de la journée sur de la poudreuse tombée dans la nuit.

La porte du bureau est fermée. Elle passe la tête dans la chambre de Roxane, et, en voyant que la petite a les yeux ouverts, la prend dans ses bras. De sa fille s'échappe l'habituel gazouillis du matin : elle semble de bonne humeur, elle aussi. Dehors il fait toujours sombre. Encore groggy, elle change Roxane puis l'assoit dans sa chaise haute, près de la table du salon, sur laquelle elle commence à disposer les couverts du petit déjeuner.

Emma poursuit sa routine, tranquillement, et tout ce qu'elle fait lui semble plus apaisé que d'habitude, plus stable, comme si quelque chose en elle, depuis hier soir, s'était ressoudé. Elle est un peu ailleurs, mais cette fois ce n'est pas pour fuir la réalité, c'est simplement un lieu calme qu'elle a trouvé en elle-même pendant la nuit et dont elle ne veut pas partir. Il s'en faudrait de peu pour qu'elle rie de ses propres inventions, de tous ces moments où elle a eu si peur de Romain, qu'imaginait-elle donc? Qu'est-ce qui lui a pris?

Elle continue d'arranger la table du petit déjeuner, aussi silencieusement que possible pour ne pas indisposer Romain. Ce dernier, avec son perfectionnisme habituel, doit être en train de grimacer en traçant d'une main fébrile sa signature au bas de la toile.

À l'autre bout de la table, où sont maintenant répartis assiettes, jus d'orange, beurre, couteaux et tasses de café, le PC de Romain est toujours ouvert. L'écran est noir : a-t-il oublié de l'éteindre hier, ou bien l'ordinateur a-t-il suspendu son activité?

Emma suppose que Romain a signé sa peinture ainsi qu'il le faisait aux Beaux-Arts : d'un trait fin, délié, chargé d'une peinture noire — elle se rappelle aussi, à l'époque, l'avoir vu imbiber consciencieusement de peinture son pinceau le plus fin —, l'initiale de son nom de famille venant s'enrouler autour d'un *R* imposant. Romain ne ratait jamais ses signatures, d'ailleurs il était le premier à en plaisanter : j'ai peut-être peint une croûte mais au moins je l'aurai signée comme il faut, s'esclaffait-il devant une Emma amoureuse qui le contredisait à chaque fois.

À sept heures dix, il n'est toujours pas sorti du bureau. La porte reste close. Aucun son ne s'en échappe.

Emma ne veut pas prendre le petit déjeuner sans lui : elle grignote, boit deux cafés, donne à Roxane son yaourt puis la dépose à terre. La petite marche jusqu'à ses jouets, étalés entre les portes du double salon.

En gardant un œil sur sa fille, Emma attend. Dehors, le jour d'abord timide insiste puis s'installe. La lumière pâle de février arrive progressivement dans la pièce. Assise à table, elle regarde la rue qui s'anime, les gens qui partent travailler, ceux qui, une baguette sous le bras, sortent de la boulangerie, les écoliers qui glissent sur trottinettes et *hoverboards*, péniblement rattrapés par des parents qui fulminent. Les commerces remontent leur grille de fer, sauf le magasin de chaussures, en face, qui n'ouvrira qu'à dix heures.

Il est quasiment huit heures à présent. Romain depuis une heure devrait être sorti du bureau. Elle sent l'inquiétude grandir mais la refoule, comme on refuse une souffrance physique, en se disant que si on ne la laisse pas s'installer elle partira d'elle-même, faute d'être entendue.

Mais dans son ventre ça monte.

Les yeux sur la poignée, elle va et vient sans but, son esprit s'échauffe et s'emporte.

Dans sa tête soudain commence le décompte. Emma pose son oreille contre la porte.

De l'autre côté, toujours aucun bruit, un silence de mort.

Vient alors le temps des questions. Romain serait-il parti plus tôt ? S'inquiète-t-elle pour rien ? Avait-il une réunion urgente avant la signature ? Elle n'a reçu aucun message de lui.

Elle fait le tour de l'appartement. Le smartphone de Romain est resté en charge dans leur chambre. Il ne quitte jamais l'appartement sans le prendre.

Son ordinateur, dont l'écran est toujours noir, est resté depuis la veille sur la table du salon. Ses clés gisent toujours dans le vide-poche de l'entrée. Juste à côté se trouve son portefeuille. Dans le meuble du couloir, ses paires de chaussures sont rangées côte à côte. Aucune ne manque à l'appel. Romain n'est pas parti, c'est impossible.

La porte du bureau reste fermée, et semble à présent la défier. Si elle ne l'ouvre pas, désormais, c'est par peur.

Pour contenir sa panique, Emma va faire le lit, elle aère la chambre, elle tente de se rassurer par les gestes du quotidien — mais ceux-là sont les gestes qu'elle fait *après* le départ de Romain, toujours, ce sont les gestes de l'absence, quand le parfum de l'homme qu'elle aime flotte dans la salle de bains, mêlé à une buée qu'Emma, avec son avant-bras, essuie sur le miroir du lavabo, pour y retrouver, chaque jour, l'évidence renouvelée de son propre visage.

Ce matin elle les exécute. Elle n'a pas le choix. Roxane la suit du regard, assise parmi ses poupées et peluches sur un grand tissu matelassé.

Finalement, Emma n'y tient plus. Son corps décide pour elle, lanciné par les émotions. D'un mouvement net, elle ouvre la porte du bureau.

La pièce est vide. En y entrant, elle a l'impression de laisser derrière elle toute sa force vitale.

Pas de Romain. Bizarrement, cela la fait souffrir mais ne la surprend pas. Elle examine cependant par réflexe les coins de la pièce, regarde derrière la porte, en se disant sans trop y croire que Romain est peut-être en train de lui faire une mauvaise, une très mauvaise blague.

Au milieu, trône le chevalet de Romain. Posée dessus se trouve une toile, couverte d'un tissu blanc. La main tremblante d'Emma le dégage du tableau.

Des lettres jaunes et bleues forment un mot que d'abord elle ne reconnaît pas. Il lui faut quelques secondes pour se rendre compte qu'il s'agit du logo de L'Entreprise. Il s'étend sur toute la surface de la toile.

Dans un état second, Emma cherche le *R* de Romain, elle cherche, en bas à droite, le *R* conquérant, avant le *o* qui se donne à l'enchaînement moelleux du *m*, le *m* qui se lève pour rattraper le *a*... Mais non, rien. Il n'a pas signé.

Emma sort de la pièce.

Elle balaie du regard l'espace devant elle, l'appartement qui s'étire dans son champ de vision, avec sa fille qui joue encore par terre dans le salon, et, plus loin, la table dressée pour le petit déjeuner.

Elle ne sent plus rien, n'arrive pas à vivre ce moment ni à reconnaître en elle-même l'incrédulité, la panique ou la peur. Les mots peuvent toujours venir, les émotions ne suivront plus.

Emma, vidée de tout, marche vers la fillette.

Roxane lève sur elle ses yeux outremer.

Son regard se déporte au-delà de sa mère.

Dans un mouvement lent, Emma tourne la tête.

La lumière se fait sur l'écran du PC.

Devant elle le *cloud* clignote sans cesser.

Emma fixe le bleu. Le temps s'est arrêté.

Il n'y a plus de doute. Romain les a quittées.

Ce sont des mots qui ramènent Emma à elle-même. Un seul, plutôt, prononcé par une voix d'enfant. La sienne, qui vient de parler pour la première fois.

Emma n'a pas bien entendu. Elle s'agenouille devant Roxane.

La petite ne se fait pas attendre. Avec un sourire, elle répète « Papa ».

Merci à ma famille : Patrick Meillon, Dany Baudouin, Colette Baudouin, Gabriel Meillon-Garcia. Sans vous, rien ne serait possible. Je vous aime.

Merci aussi à Marion Cantegrel (ma sœur d'élection), Raphaël Llorca, Emmanuelle Favier, Redouane Aboudrar et Hélène Girard pour le temps qu'ils m'ont accordé, en relecture ou en entretiens.

Merci mille fois à Sylvain Tesson et à Ludovic Escande pour leur soutien et leur enthousiasme.

Un grand merci à mes formidables agents, Magalie Delobelle et Elsa Misson, pour leur énergie, leur patience et leurs encouragements.

Et enfin, une pensée pour l'amoureux qui, en me souhaitant une « belle nuit », m'a détachée de lui pour me projeter vers l'écriture dans un même mouvement.

*

Ce roman a été écrit en 2021 à la Fondation des Treilles et à la Villa Marguerite Yourcenar, deux résidences d'écriture d'exception que je remercie chaleureusement pour leur accueil et la sérénité qu'elles m'ont offerte.

Composition : PCA
Achevé d'imprimer
par CPI Firmin-Didot
à Mesnil-sur-l'Estrée, en février 2023
Dépôt légal : février 2023
Numéro d'imprimeur : 173989

ISBN : 978-2-07-301659-1/Imprimé en France

559592